浙东诗路图说

An Illustration of the Road of Tang Poetry in Eastern Zhejiang

嵊州市文旅发展集团有限公司／主编
宓风光／绘　楼向前　黄士波／文
浙江人民美术出版社

“泥人宓”有一双鹰眼

——序宓风光图文集《浙东诗路图说》

我总觉得，“泥人宓”的眼睛是鹰的眼睛，极精细，一块粗粗的泥巴在他的钩状刀与柳叶钢刀的雕琢下，几乎细腻到了分子结构；另外一方面，“泥人宓”视界的开阔，似乎也是那双鹰的眼睛所致，他喜欢囊括天下相近的事物，形成序列，排成阵势，从中抽出规律性的东西，以形成洞察。

他的那种对细节的把握，我是亲眼观察到的。我去过他的工作室，曾看见他那双鹰眼，凝聚在一个极细小的焦点上，一动不动。这是一种俯冲与抓攫的战姿。那是一个晚上，我来到嵊州，我“亚洲学堂”的一名高级学员、时任嵊州文广局副局长，她问我想不想看看雕塑界声名卓著的“泥人宓”，我说当然想看，于是就看到了一双锐利的鹰眼。

他的那种高屋建瓴的大处把握，我也是亲身领略的。我看见了成系列的样品与各种系列的画册，光是泥塑作品就有《中国戏剧百脸谱》《世界首脑人物》《中华民族》《三百六十行》《朝圣路上》这些浩大的系列，水墨艺术方面也有名为《老夫老妻》的系列画作。他向来有一网打尽的豪迈，就如一头刚在原野上抓攫了一只小小猎物而又迅速腾空的大鹰，又要继续巡视他的广阔天空，并且准备再次俯冲。

“泥人宓”的抓大与捉小，显然是他艺术把握中的辩证法，也显然是他处理万事万物的同一个出发点，就如他的两只强健的翅膀，由同一个活跃的心脏强劲驱动。他因此入木三分，由点及面地掌握了全盘。

我离开他的工作室后，曾有感而发，写下一首诗，题目就叫《嵊州，泥人宓》，内容是这样的：

一幅邓小平的画像，就是一场大风；一尊邓小平的泥塑，就是一种立场；今夜，请允许我在“泥人宓”的工作室里，泪流满面。

我的热爱，就是泥人宓的热爱；我的咬牙切齿，也是泥人宓的咬牙切齿；甚至，他比我，多碎了两粒牙齿。

我热爱脚下的土地，而他，却已把泥土取出，做成了路标。

我还在泥土里看见了一大群有信仰的藏族同胞。他们沿着泥人宓的掌纹，匍匐前行。总之，泥人宓关心的是人的灵魂。他把自己双脚踩痛的立场，变成了艺术。

《中国戏剧百脸谱》《中国千人脸谱》《世界首脑人物》，所有这些面孔，其实都是他自己的脸。他从自己的镜子里，看清了世上所有的人。

所有的人都是从泥土里长出来的。也因此，早已陷入泥潭的他，有了必胜之把握。

临走，泥人宓送我一对他亲自烧制的茶杯。他把泥土，弄成了火。我立即表示愿意，愿意在他的烤制大地的火焰里，每天，喝我的水。

这就是我眼中的“泥人宓”。他的摆弄艺术，真是有他的功夫。

而现在，摆在你面前的这册《浙东诗路图说》，也是以他敏锐的鹰眼与强劲的翅膀，再三俯冲所致。

我们知道，闻名遐迩的浙东唐诗之路是唐代诗人留下的一条山水人文之路，也是一座诗歌、儒学、佛道、玄学、书法、绘画、琴操、茶道、陶艺、民俗、方言、传说等无所不包的文化宝库。“泥人宓”就有这般的洞察力，将这条路上的典型锦绣，诸如镜湖、禹陵、若耶、剡溪、沃洲，又诸如会稽、四明、剡山、天姥、赤城、天台、石梁，以他生动的线条与色彩进行捕捉，再请楼向前、黄士波两位辅之以精到的文字。如此一来，整条浙东唐诗之路的风采，也就自然而然地通过这百幅佳作，在你的全盘把握之中；李白、杜甫、白居易、贺知章、王维、孟浩然、杜牧、元稹、贾岛、皎然等500多号文人以及他们所创作的2000多首诗作，无一逃脱。在此，“泥人宓”重演了他的抓大与捉小的本领，你应该是看懂了。

其实，在这册“图说”之前，《越乡民俗风情图说》《越剧百年图说》均已相继问世。在这两套“图说”中，“泥人宓”也是这样串“珠”成“链”，将越地的风俗与艺术，痛快淋漓地展示与评判了一遍，叫我们在微观的享受和宏观的把握上，过了好几把瘾。

“泥人宓”把他的辩证法，变成了我们大家的辩证法。我们当然感谢他的这一指点。从某种角度说，我们曾经像一团不明就里的泥巴，被他的钩状刀与柳叶钢刀摆弄得细腻起来、灵敏起来。我们也有了一双鹰的眼睛。我们能看清楚小的，也能看明白大的，小大由之。

“泥人宓”真名宓风光。这个风风光光的名字，我在见到他本人的十年后，再一次看到。那是前两年，机缘巧合，我被浙江省漫画家协会聘为顾问，于是惊喜地在“省漫协”的领导名单里，看见了“副主席宓风光”六字。同时，也恍悟，夸大与强化事物特征的“漫风”，在“泥人宓”的作品里，早已深入骨髓。当年他的《世界首脑人物》曾引得我忍俊不禁，就是这个原因。他不仅能以鹰眼把事物的细部观察得精细入微，还能在微观处理上，把他认为应该放大的细部成倍成十倍地放大，纤毫毕现。他总能收放自如。

那么，此刻，就让我们打开这册《浙东诗路图说》，跟着唐代一半诗人指点浙江的那种豪情，以及“泥人宓”的那双鹰眼，走一走这条蜿蜒于水墨江南的诗路吧。相信我，走这样的路，我们丝毫不会感到乏力，只会越走越新鲜，在诗与画的结合处反复陶醉。

若真的走累，就让我们像一只鹰一样收拢翅膀，小憩片刻，然后腾空而起，再度搜索整条浙东唐诗之路，把握全局，乐此不疲。

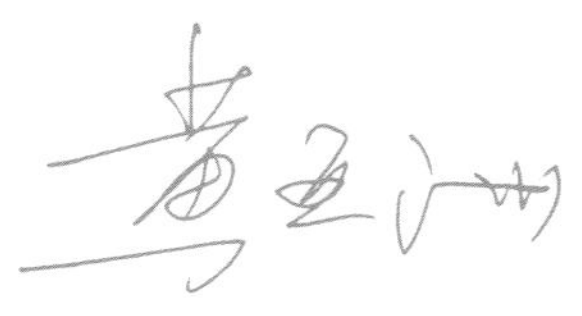

2024年10月

作者为中国鲁迅文学奖得主，曾任第八届全国人大代表、中共十六大代表、第六届中国作家协会副主席、第六届浙江省作家协会主席，现任中国电影文学学会副会长、《诗刊》编委。

千年唐诗路

浙东诗路，指的就是“浙东唐诗之路”。这是一条融合儒学佛道、诗歌书法、陶瓷茶艺、戏曲民俗、神话传说等多元文化的区域文化路线，展现了文化与自然和谐共生的智慧结晶。

浙东诗路缘起，大体基于三方面，即天时、地利、人和。一是天时，事出有原。道教是唐朝国教，这是最重要的政治背景，所谓国有信仰、民有所向。二是地利，事出有灵。浙东山水秀异，琴棋书画诗酒茶、笔墨纸砚草树花，此地应有尽有。三是人和，事出有因。众多文人入浙东，多半慕魏晋风度寻仙悟道而来。用一句时髦的话来讲，就是“追星”，这些璀璨的“群星”，就包括王羲之、谢安、戴逵、竺法潜、支遁、谢灵运等人。

汉代衰微后，华夏大地进入了长达360多年的分裂、割据、对峙的三国两晋南北朝。西晋沦亡后，中原大族衣冠南渡，纷纷过江定居浙东。谢安高卧上虞东山（今浙江上虞东山），图谋大业；王羲之归隐剡县金庭（今浙江嵊州金庭），血脉瓜绵；谢玄、谢灵运祖孙高隐始宁（治今浙江嵊州三界），经营庄园；戴逵、戴颙父子肥遁剡山（今浙江嵊州戴望），造像精艺；支遁驻锡剡东沃洲小岭（今浙江新昌东岇），弘佛崇道；孙绰、阮裕、蔡谟、郗超等名流也先后汇聚浙东。他们不但亲近自然山水，身体力行，而且感悟自然山水，心灵相契，使生命本体与自然山水合而为一。王子敬说：“从山阴道上行，山川自相映发，使人应接不暇。若秋冬之际，尤难为怀。”顾恺之从会稽还，人问山川之美，他说：“千岩竞秀，万壑争流，草木蒙笼其上，若云兴霞蔚。”这些广为流传的心声，道出了诗人和名士对浙东山水的共同感受。谢灵运在《游名山志》里说：“夫衣食，人生之所资；山水，性分之所适。”这成为他所开创的山水诗派道法自然、乐山乐水的行为宣言。

及唐，浙东山水尤其名重海内，吸引了更多的诗人或从长安、洛阳舟车南下，或自岷山、峨眉沿江东帆，不远万里，络绎而至。在初、盛、中、晚唐的各个时期，镜湖、禹陵、若耶、剡溪，以及会稽、四明、剡山、沃洲、天姥、赤城、天台诸山，到处留下了李白、杜甫、白居易、王维、孟浩然、贺知章、刘长卿、陆龟蒙、皮日休等众多诗人们的棹声帆影和芳心诗情。

古时人们赴浙东，陆行则车马，水行则舟楫。唐代诗人到浙东，大多是行舟而往。李白在《别储邕之剡中》诗中说：“舟从广陵去，水入会稽长。”就是从扬州经大运河南下，渡钱塘江，从萧山西兴进入浙东，再溯剡溪逆行而上，登天台石梁，在浙江境内行程约200千米。这就是被今人称为浙东唐诗之路的经典旅游线路。包括李白、杜甫在内，500多位唐朝诗人游历浙东，写下了2000多首诗歌，是全唐诗中占有相当分量的独特文化现象。剡中大地乃至整个浙东一带诗踪遍地、诗韵流芳。

2018年初，浙江省政府提出大花园建设目标，推动建设诗路文化带，而浙东唐诗之路是浙江的一张文化金名片，让唐诗“看得见、摸得着、感受得到”，成为这条黄金旅游带的鲜明特色。同年10月，“浙东唐诗之路”剡溪智库成立大会在浙江嵊州隆重举行，倡议“浙东唐诗之路”建设联动，诗路沿线的萧山、越城、柯桥、上虞、诸暨、嵊州、新昌、天台、仙居、临海等县（市、区）积极响应：共同做好浙东唐诗之路文化旅游研究、资源开发和沿线文化遗产的整理挖掘，重现唐诗之路的昔日光华。2019年，浙东唐诗之路列入浙江省“四条诗路”（浙东唐诗之路、大运河诗路、钱塘江诗路、瓯江山水诗路）之首。

千年唐诗路，剡溪经行处。剡溪是浙东唐诗之路的枢纽和核心段，是唐代大多数诗人行吟寻访必到之地。嵊州市根据《浙江省诗路文化带发展规划》，按照“美丽浙江”大花园建设要求，以剡溪为轴，深挖两岸自然风光和人文底蕴，修复“唐诗之路”历史遗存，积极做好诗路文化带文章，全力打造“风雅诗路核心区、两圣一祖朝圣地、越剧旅游目的地”，积极创建省级全域旅游示范市。

当下重走诗路的意义在于，只要我们依旧热爱诗歌，就能在活着的唐诗里品味恢宏卓拔的韵律，倾听清澈透亮的回声，继而唤醒对壮美河山的眷恋，净化久处俗世的性灵，陶冶纯朴超豁的情操，最终抵近大唐气象的内核，在民族优秀的历史文化中涵养文明与自信。

作为土生土长的嵊州人，浙江省工艺美术大师宓风光善于运用线条艺术形象生动地再现人物和风情。“重走诗路”触动了他创作《浙东诗路图说》的灵感与激情，在嵊州市地方志研究室和文广旅游局等有关部门的支持下，以百图百文的形式，编绘《浙东诗路图说》，生动形象地展示浙东唐诗之路风景和文化风俗。这是他继《越乡民俗风情图说》《百年越剧图说》二书付梓之后的又一部力作，三部书籍自成一格，又互相关联，堪称丛书。

《浙东诗路图说》按照唐代诗人通常游历浙东的路线行程编排，始于钱塘江边的西陵古渡，终于目的地之一的天台山，充分展现浙东唐诗之路沿线相关的山川名胜、人文遗存、典故传说、吟咏诗篇和精神风骨。读者可以按图索骥，循着图文追随唐代诗人行吟浙东的轨迹，寻访他们的屐痕行踪，甚至作一番令人惬意的神游，从诗路文化中获得新的感动。

浙东诗路联动建设在推进，《浙东诗路图说》的出版将为诗路沿线自然景观、文化遗产等资源的活化利用和传承发展发挥重要的推动作用，为赋能诗路文化带高质量建设、全域旅游高质量发展，作出积极的贡献。

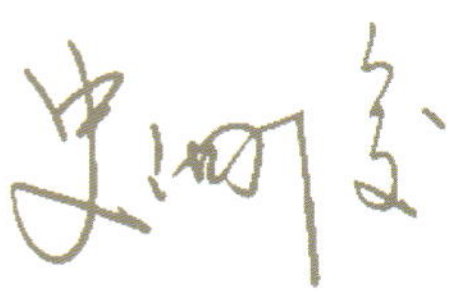

2024年10月

作者系嵊州市委常委、市委宣传部部长

剡溪流花　入诗入画

剡溪是嵊州的母亲河。剡溪是我童年的乐园。我喝着剡溪水长大。

我家就在剡溪之畔的县城南桥头，距离剡溪仅几百米。那时的剡溪水清纯透澈，鱼翔浅底，品类繁多。我和小伙伴们常常去岸边钓鱼，下溪里游泳摸鱼捞黄蚬，坐草坪听大人讲剡溪的故事。我印象最深的是潜入水中捞黄蚬：一个潜水到底，用畚箕往沙滩里一拖，钻出水面，全是黄蚬。不多时就可以拎几斤回家，再用清水养一个小时左右，随之将黄蚬倒入沸水里，即刻出锅盛起，撒上少许食盐、葱花，一碗鲜透的黄蚬汤，吃得津津有味。

我家喝的、用的水，都是每天清晨从剡溪中一担担挑来的，它像母亲的乳汁，哺育我成长。我爱剡溪，乐在剡溪。我与小伙伴们一起如鱼入水，不亦乐乎，泳乐于水，泳善于水，感谢剡溪给予的乐水、善水之恩。

对老辈人来说，剡溪的记忆更加丰富，如果把摆渡、渔船、撑排、运货，以及赶集、庙会、看戏、走亲等日常生活连在一起，用摄像机记录下来，就是一部有着浓浓江南水乡风情的影片。

我常听父辈大人们说，东桥头是个船埠头，是块风水宝地，长乐江、澄潭江、新昌江三江相交，众流所凑，汇成剡溪，再经仙岩、嶀浦、三界，入曹娥，汇钱塘，奔流向海。沿途穿越群山，迂回曲折，或奔或旋，或深或浅，或潭或滩，峦峻石峭，夹岸争奇，映舟成趣。他们还说，剡溪共有九曲，一曲长乐、二曲艇湖、三曲禹溪、四曲仙岩、五曲西鲍、六曲姚岙、七曲嶀浦、八曲沈家、九曲三界，自然风光旖旎，人文底蕴丰厚，荡漾迷人风韵。每曲有诗有故事，曲里有山有水有雅致。

我进中学读书，爱上写写画画，也喜看历史故事，尤其是家乡的传说和典故。我常去剡溪写生，一景一人文，一物一故事，自然而然，便爱上剡溪风景，常读咏剡诗词。常常对景写生，追寻景点蕴涵的人文历史，心中便多了几分对剡溪的依恋和亲近。

长大成人之后，我进了单位工作。最初在县里的工艺木雕厂，开始我的木雕学徒生涯。工作之余，专注毛笔速写、水墨人物、水墨漫画和泥塑工艺。因为县里强调要创作与乡土文化相关的作品，那就必须深层次了解剡溪的人文历史。于是熟悉嵊州人文历史，了解咏剡诗词，就成为工作需要。那时起，我慢慢开始感受剡溪的风雅，感悟魏晋的风度，感怀剡溪入诗的风流雅致，更感念嵊州是一个被唐诗浸润沉醉的地方。品味到剡溪里流淌的是水花，荡漾的是诗情，饱含的是书魂，孕育的是越韵，澎湃的是精神。同时，在脑海里有了创作《千年剡溪图说》的冲动。但因忙于生计，以及泥塑水墨人物、水墨漫画的创作，这一冲动只能搁在心间。这一搁就是10多年。

到了2005年，嵊州小黄山遗址被列入“全国十大考古新发现”之首，市里提出“万年文化小黄山，千年剡溪唐诗路，百年越剧诞生地，两圣一祖归隐处”的城市形象口号时，我创作《千年剡溪图说》的念头又开始涌动。只要有空，就去翻翻《唐诗三百首》，寻考咏剡唐诗，或找《剡录》查查咏剡诗词。“湖月照我影，送我至剡溪”“剡溪蕴秀异，欲罢不能忘”“若教月下乘舟去，何啻风流到剡溪”“忽思剡溪去，水石远清妙”“会稽风月好，却绕剡溪回”“晓泛剡溪水，晚见剡溪山”等名句名篇，常记常念，入脑入心。尤其是李白的《别储邕之剡中》和《送王屋山人魏万还王屋》，对进入浙东、上溯天台，必取道剡溪，以及沿途景点，说清道明，让人们一目了然，从而对“千年剡溪唐诗路”有了清晰的概念。同时，也令人感慨浙东唐诗之路因剡溪而魅力四射，剡溪因浙东唐诗之路而风光无限。

剡溪流花，入诗入画，由感而发，图说抒怀。根据市里提出的嵊州城市形象口号，创作绘制一套讲述百年越剧、千年剡溪诗路和万年文化（民俗风情）的“图说”丛书，献给家乡，成了我的心愿。

因此，在近年，常与了解嵊州人文历史和环境的朋友一起交流商量，提出创作一套“图说”丛书的想法，朋友们都给予热情支持。其中《嵊州民俗风情图说》和《越剧百年图说》在市委、市政府和有关部门的重视下，分别于2021年和2022年完成创作，付梓后受到社会一致好评。

2022年底，《千年剡溪诗路图说》开始策划。我向市地方志研究室和文广旅游局等有关部门作了汇报，邀请了楼向前和黄士波两位老师一起商量创作。策划之初，我们立足于千年剡溪这一层面进行思考，用“剡溪蕴秀，群贤毕至”“唐诗咏剡，四季沐歌”“续写诗路，醉美剡溪”三个篇章，介绍诗路形成背景、咏剡唐诗华彩、续写诗路行动，彰显嵊州建设“浙东唐诗之路”核心区的情怀。

后经多次商榷，大家认为这册“图说”应该立足于整条浙东唐诗之路，接轨省委、省政府提出打造“四条诗路”，建设诗路文化带的决策部署和《浙江省诗路文化带发展规划》，以起自萧山西陵古渡，经浙东运河，入镜湖、曹娥江至剡溪，登沃洲、望天姥，溯石梁，止于天台华顶为线路进行创作，让这一条以会稽、云门、东山、四明、金庭、天姥、天台等名山为骨骼，以浙江、镜湖、若耶溪、曹娥江、剡溪、始丰溪等名水为血脉，以唐人、唐诗、唐风、唐韵为灵魂而形成的山水宝地、洞天福地和旅游胜地跃然纸上，为推动诗路文化带高水平建设作出剡溪贡献。最后，确定书名为《浙东诗路图说》。

内容敲定之后，应怎样完成图说，如何使图文一致？我们认为，必须情采凝真，意写诗景。因此，我们花了一年多的时间，对这条诗路写到的每一处景点和每一个故事，都进行实地写生，还反复查找资料仔细考证，努力使每幅图说符合文中意境，能画中有语，图解心声，尽量做到百景百图不重样，风情再现有意象，让读者在阅读过程中开卷有益，了解浙东诗路历史，感受浙东诗路精彩，涵养文明与自信，为传承和弘扬浙东诗路文化遗产，促进文化旅游发展迈向新的高度，推动区域经济增长发挥积极作用。

魏晋遗风传雅韵，剡溪诗路赋新篇。祝浙东唐诗之路越走越宽广，浙江全域文化旅游越来越兴旺。

历时两年，图稿初成。在书稿即将付梓之际，特别致谢黄亚洲先生对本人所从事的泥塑创作的褒奖，并为本书作序；特别致谢身边的老伴给予我生活上的照顾，以及对我创作上的无条件支持；衷心感谢艺术圈各界的良师益友们的理解与支持。图稿难免有缺憾与不足，敬请赐教为幸！

2024年10月

魏晋风度遗韵长（代前言）

以山水为媒，以诗歌为心，500多位唐代诗人慕名而至，走出了一条浙东唐诗之路，至今已1400多年。地处江南的浙东，缘何成为魅力独具的文化高地？这无疑需要从山水诗说起。

纵览中国山水诗发展的历史，就时空坐标而言，其起源于东晋；就地理方位而言，其滥觞于浙东。魏晋时期，北方战乱，衣冠南渡，而社会稳定、经济繁荣的会稽郡，就成为他们的主要聚居地之一。此地秀异的山水风光，与当时人们回归自然、滋养心性的思想潮流高度契合。而以山水诗为鲜明特征的浙东唐诗之路，与丝绸之路、茶马古道等一样，有着清晰的地理标志和独特的文化符号。

西晋文学家谢衡率族人南迁，谢衡之孙谢安隐居东山，与王羲之、孙绰、支遁、许询等名士，“出则渔弋山水，入则言咏属文”。年逾四十的他，以“世道未夷，志存匡济”应诏起家，并和侄子谢玄一起指挥了中国历史上著名的以少胜多的战例——淝水之战。

隐则钟情山水，显则兼济天下。谢安出世入世，进退自如，成为古代中国文人的楷模，东山也成为人们追随仰慕的人文胜地。

此后，谢玄之孙、出生于始宁（治今浙江嵊州三界）的谢灵运，根据自己的审美意趣，将发现的山水之美融入已臻成熟的五言诗体，写作了大量标新立异的山水诗篇，创立了中国最早的山水诗派。谢灵运因此被誉为“中国山水诗鼻祖”，并和另一位开宗立派的田园诗人陶渊明竖起中国古代诗歌的两座高峰。谢灵运的山水诗歌，以会稽和永嘉为中心，与唐代以王维、孟浩然为代表的山水诗派，有着完全不同的地域文化背景。

300多年后，“诗仙”李白将这条山水诗路推向令人神往的前沿。“不向东山久，蔷薇几度花。”“湖月照我影，送我至剡溪。”显然，东山和剡溪是他的向往之地，“东山客”谢安、“越人”谢灵运成为他崇拜的偶像。

“剡溪蕴秀异，欲罢不能忘。”“白蘋湘渚曲，绿筱剡溪口。”无独有偶，“诗圣”杜甫、“诗王”白居易也在各自的诗文中，表达了对镜湖、若耶、剡溪、天姥、沃洲等浙东名胜的留恋。大唐三位顶尖诗人的行踪，指向江南同一片山水，连同其他诸多诗人，描绘出绚烂独特的文化高标。

从现代地标看，浙东唐诗之路是一条唐朝诗人往来频繁，且对唐诗发展有着重要影响的壮游线路。这条诗路，以萧山—柯桥—诸暨—越城—上虞—嵊州—新昌—天台—临海为主线，留下了众多的历史遗存和人文典故，以及蔚为大观的诗篇。

从创作诗人看，先后有500多位诗人游历，涵盖唐朝各个时期。除李白、杜甫、白居易、孟浩然、崔颢、王维、刘长卿、朱放、陆羽、皎然、李冶、杜牧、秦系外，还有“初唐四杰”中的卢照邻、骆宾王，“饮中八仙”中的贺知章，“中唐三俊”的元稹、李绅、李德裕，以及晚唐时的罗隐、皮日休、陆龟蒙等人。

从吟咏物象看，镜湖、禹陵、若耶、剡溪、剡中及会稽、四明、沃洲、天姥、赤城、天台诸山，成为当仁不让的主角。

如今，浙东这片人文渊薮、胜迹林立的灵秀江南，因为杭台高铁的运行，将李白诗中绮丽的梦境照进了现实，浙东的山水胜境以前所未有的便捷纳入旅人的视野。时代的更迭，使“诗仙”眼里的浙东之旅变得更加真切而梦幻。

诚然，浙东唐诗之路是唐代诗人留下的山水人文之路，如今已成为“山水旅居之路、诗歌创作之路、思想传播之路和文化融合之路，诗路所涉及的浙东成为中国山水诗的发祥地、佛教中国化时期的中心地、道教文化的发源地、中国书法艺术的圣地和士族文化的荟萃地，在中国文化史上举足轻重”。

目 录

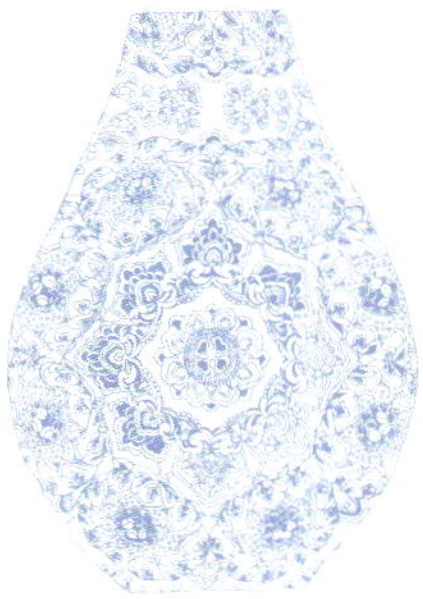

图说唐诗之路

浙东唐诗之路起自萧山西陵古渡，经浙东运河，入镜湖，溯曹娥江至剡溪，登沃洲、天姥，过石梁，上天台华顶。这是以会稽、云门、东山、四明、金庭、天姥、沃洲、天台等名山为骨骼，以浙江、镜湖、若耶溪、曹娥江、剡溪、始丰溪等名水为血脉，以唐人、唐诗、唐风、唐韵为灵魂而形成的洞天福地和旅游胜地。

渡浙江问舟中人　孟浩然

潮落江平未有风，扁舟共济与君同。
时时引领望天末，何处青山是越中？

注：孟浩然（689—740）于开元十八年（730）秋初到浙东，前后四年，饱览名胜，留下诗歌10余首，曾作「两见夏云起，再闻春鸟啼」（《久滞越中》）。作此诗时，诗人42岁。

浙江潮起

钱塘江是浙江省最大的河流，有浙江、浙河、浙水、渐水、淛河、淛江等名称。“浙江”之名见于《山海经》。《史记》作“浙江”。《庄子》作“淛河”。《汉书》和《水经》作“浙江水”，郦道元注作“浙江”。今钱塘江上游称“新安江”，桐庐至萧山闻堰称“富春江”，闻堰至杭州闸口河道形如“之”字，称“之江”，闸口以下称“钱塘江”。“钱塘江”之名最早出现于东晋。《太平御览》卷六十五“浙江”：“虞喜《志林》注曰：‘今钱塘江口，折山正居江中，潮投山下折而曲。一云江有反涛，水势折归，故云浙江。’”唐朝时，钱塘江是吴越两地的界河，其上游二源，北为新安江，南为兰溪，二水合于建德东南，流至桐庐称“桐江”，流至富阳称“富春江”，流至钱塘称“钱塘江”。渡过钱塘江即越中（今浙江绍兴）地界。

甲辰夏月

西陵寄灵一上人 皇甫冉

西陵遇风处，自古是通津。
终日空江上，云山若待人。
汀洲寒事早，鱼鸟兴情新。
回望山阴路，心中有所亲。

注：皇甫冉（717—770）至迟于乾元元年（758）入浙游越，前后历时五年左右。作此诗时，诗人约43岁。

西陵古渡

西陵是浙东唐诗之路的起点，在今杭州市萧山区。春秋时称固陵，为越国军事要地。郦道元《水经注》："浙江又经固陵城北，昔范蠡筑城于浙江之滨，言可以固守，谓之固陵。今之西陵也。"晋永康元年（300）前后，会稽内史贺循主持疏凿浙东运河，西起西陵，西南经会稽郡城（今浙江绍兴），东折抵曹娥江蒿坝，全长100余千米。西陵作为浙东的入口和出口，地理位置变得更为重要。南朝诗人谢惠连辞别会稽时，写有《西陵遇风献康乐诗》五章。在唐代，钱塘江从杭州 南大门入海。西陵濒江临海，是非常重要的渡口，也是观潮的理想所在。五代时，吴越武肃王钱镠改名为西兴。唐朝诗人频频出入于此，北上南下，孟浩然、皇甫冉、薛据、元稹、吴融、张乔等均留下了诗作。

西陵古渡
甲辰夏月风光

同萧山陈长官县楼登望　方干

坐看南北与西东，远近无非礼义中。
一县繁花香送雨，五株垂柳绿牵风。
寒涛背海喧还静，驿路穿林断复通。
仲叔受恩多感恋，裴回却怕酒壶空。

注：方干（？—约888）于咸通年间隐居越州镜湖。其间，足迹遍布浙东，写下大量诗作，人称「官无一寸禄，名传千万里」。

萧然之山

萧山位于杭州市东郊，钱塘江下游。萧山县（今浙江萧山）建置于西汉，称余暨县。《汉书·地理志》注释“余暨”：“萧山，潘水所出，东入海，莽曰余衍。”三国吴黄武初年（222），改为永兴县。唐天宝元年（742）改称萧山县。县以萧山为名，据传与许询有关。嘉泰《会稽志》卷九引《旧经》：“许询尝登其山，凭林筑室，萧然自致，乃名萧山。”《剡录》卷三：“许询，字玄度，高阳人。有才藻，善属文。与孙兴公皆一时名流。俱有负俗之谈，卒不降志。能清言，于时人士皆钦慕仰爱之。刘尹云：‘清风朗月，辄思玄度。’”唐代诗人在萧山留下的诗作不是很多。从杭州渡钱塘江到西陵，可直接入运河到越州城（今浙江绍兴），经萧山反而不便，这或许是其中的一个原因。

萧然之山
甲辰夏月

渔浦　常建

春至百草绿，陂泽闻鸧鹒。
别家投钓翁，今世沧浪情。
沤纻为缊袍，折麻为长缨。
荣誉失本真，怪人浮此生。
碧水月自阔，安流净而平。
扁舟与天际，独往谁能名。

注：常建（708—765）于开元十五年（727）与王昌龄同登进士第，但一生仕宦不得意，常游名山胜景以自娱。作此诗，当在天宝年间。

渔浦沧浪

渔浦在萧山县（今浙江萧山）西南三十里，处钱塘江东岸。《萧山县志稿》卷二引《一统志》：“浙江在萧山县西十里，自富阳县入，与钱塘县接界，又北接海宁县界，又东北入海。其东西渡口，西兴、渔浦为往来之要津。宋置渔浦寨，与西兴、龛山、新林共为四寨，设兵戍守处。”嘉泰《会稽志》卷四：“渔浦驿，在县南三十六里。”渔浦既是渡口，又设有驿站。自古以来，入浙后经水路由西陵上溯富春江、新安江，或者由新安江、富春江顺流而下，渔浦都是必经之地。谢灵运《富春渚》诗“宵济渔浦潭，旦及富春郭”，写溯流而上；而丘迟《旦发渔浦潭》诗“渔潭雾未开，赤亭风已飏”，则是顺流而下。唐朝诗人东游，一般先经杭州，入钱塘，或西上溯富春，或南下入镜湖，开启浙东之旅。

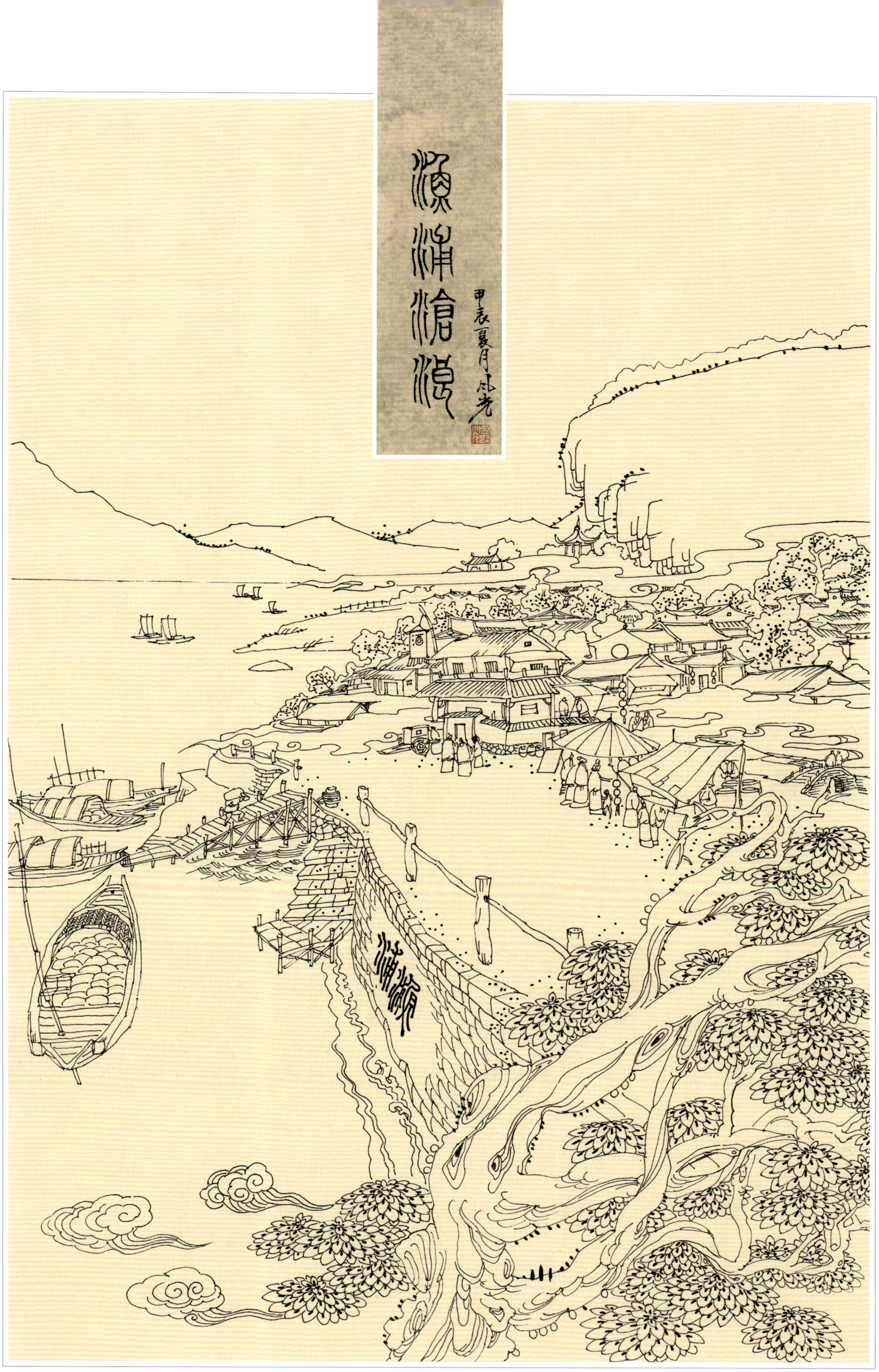

送王屋山人魏万还王屋（节选）

李白

遥闻会稽美，且渡耶溪水。
万壑与千岩，峥嵘镜湖里。
秀色不可名，清辉满江城。
人游月边去，舟在空中行。
此中久延伫，入剡寻王许。
笑读曹娥碑，沉吟黄绢语。
天台连四明，日入向国清。

注：李白（701—762）概述魏万行程并赠别。其行程为：渡钱塘江至西陵，入浙东运河至越州，弄若耶，泛镜湖，经曹娥江入剡溪，上天台。这正好是唐人游浙东的大致轨迹。此诗作于天宝十三载（754）。

越中气象

越中大体等同于越州。隋代置越州，不久复置会稽郡。唐武德四年（621）再定越州，天宝元年（742）曾恢复会稽郡，乾元元年（758）三定越州，此后不变，辖山阴、会稽、萧山、上虞、余姚、剡县、诸暨七县。与越中相当的，一是会稽，有时专指会稽郡，更多的泛指越中；一是越国，越中大致在古越国内，借以指代。越中特点有四：一是滨东海。刘长卿《送荀八过山阴旧县兼寄剡中诸官》："访旧山阴县，扁舟到海涯。"二是佳山水。权德舆《送上虞丞》："越郡佳山水，菁江接上虞。"三是多寺院。张籍《送朱庆余及第归越》："有寺山皆遍，无家水不通。"四是邻天台。张继《会稽秋晚奉呈于太守》："禹穴探书罢，天台作赋游。"唐诗所吟咏的越中，或指全域，或指某县，或指某县某地，不一而足。

越中气象
甲辰夏月 风光

采莲曲　贺知章

稽山罢雾郁嵯峨，镜水无风也自波。
莫言春度芳菲尽，别有中流采芰荷。

注：贺知章（659—约744）晚年自号「四明狂客」，天宝三载（744）上疏请为道士，求还乡里。唐玄宗诏「赐镜湖剡川一曲」，并于次年春天「御制诗以赠行，皇太子已下咸就执别」。

越州览胜

越州州治在今绍兴市，州城始筑于春秋。公元前490年，越王勾践命范蠡筑城，世称山阴城或勾践小城。此后扩建蠡城和罗城，越国建都在此。东汉永建四年（129），会稽郡治移置今址。六朝时的越州（时称会稽）是海内剧邑。《晋书·诸葛恢传》："今之会稽，昔之关中。"东晋咸和四年（329）甚至有"三吴之豪，请都会稽"一说，其地位仅次于首都建康（今江苏南京）。唐改郡为州，会稽定名越州以后，郡治和州治一直未变。唐乾元元年（758）设浙江东道，辖越、衢、婺、睦、温、台、明、处八州，由越州知州兼浙东观察使。唐代越州城，既是越州政治、经济、文化中心，也是浙东政治、经济、文化中心，又是山阴县和会稽县治所在，两县同城而治。登临州城，湖光山色，尽收眼底。

越州覽勝
甲辰夏月

早春泛镜湖（节选） 宋之问

孤烟昼藏火，薄雾朝开日。但爱春光迟，不觉舟行疾。归雁空间尽，流莺花际失。远情自此多，景霁风物和。芦人收晚钓，棹女弄春歌。野外寒事少，湖间芳意多。

注：武后时，宋之问（656—712）因「知贡举时赇饷狼藉」，贬越州长史，于景龙三年（709）到任，景云二年（711）离越。其间徜徉稽山镜水，抒情写志，是诗当作于此时。

镜湖泛舟

镜湖东通曹娥江，西至萧山麻溪坝，史称贺鉴湖、带湖、长湖、南湖等。宋代始称鉴湖。古时湖面广阔，并通潮汐。汉代时曾在此修筑大型农田水利工程。《太平御览》引《会稽记》："汉顺帝永和五年（140），会稽太守马臻创立镜湖，在会稽、山阴两县界，筑塘蓄水，高丈余。"嘉泰《会稽志》卷十："在会稽县东二里，故南湖也，一名长湖，又名大湖。王逸少有云：'山阴路上行，如在镜中游。'镜湖之得名以此。《舆地志》：'山阴南湖，萦带郊郭，白水翠岩，互相映发，若镜若图。'"吴曾《能改斋漫录》："会稽鉴湖，今避庙讳，本谓镜湖耳。"镜湖风光旖旎，闻名遐迩，成为唐朝诗人钟情之所。李白《送友人寻越中山水》："湖清霜镜晓，涛白雪山来。"又《子夜吴歌》："镜湖三百里，菡萏发荷花。"

鏡湖

东武亭 李绅

绿波春水湖光满，丹槛连楹碧嶂遥。
兰鹢对飞渔棹急，彩虹翻影海旗摇。
斗疑斑虎归三岛，散作游龙上九霄。
鼍鼓若雷争胜负，柳堤花岸万人招。

注：李绅（772—846）与元稹、白居易共倡新乐府运动。元和十五年（820）任翰林学士，卷入朋党之争，失势被逐。大和七年（833），李德裕为相，起用李绅任浙东观察使，至开成元年（836）离任。诗作于其浙东观察使任上。

龟山竞渡

龟山在镜湖，又称印山。乾隆《绍兴府志》卷三：“印山，在山阴县西南五里。……地理家传为府治前印，故名。其形如龟，俗人呼为龟山。”嘉庆《山阴县志》卷三：“印山，在山阴西南五里，形如龟，又呼为龟山。”唐代镜湖水面广阔，龟山四面环水，宛如小岛。山上有永安寺，又名龟山寺。李绅《龟山》诗自注：“在镜湖中，山形如龟。山上有寺名永安，则元相所移置者。”又《东武亭》诗自注：“亭在镜湖上，即元相所建。亭至宏敞，春秋为竞渡大设会之所。”龟山之南，会稽、秦望、法华众山如屏，迤逦于前；其北一碧万顷，与州城隔水相望。龟山离州城不远，是唐朝诗人聚会、宴集的佳处，也是一年两度龙舟竞赛最理想的观赏地。

甲辰夏月

送贺宾客归越

李白

镜湖流水漾清波，狂客归舟逸兴多。
山阴道士如相见，应写黄庭换白鹅。

注：李白与贺知章既是忘年之交，更是知音，二人金龟换酒的故事早已成为千古美谈。此诗当作于贺知章回山阴的天宝三载（744）早春。

贺监故里

贺知章故里在镜湖之滨，唐时名千秋观，位于今绍兴市城西九里道士庄。嘉庆《山阴县志》：“道士庄在镜湖中，与三山连接，唐贺知章致仕归，自号黄冠道士，故名。”《新唐书·贺知章传》：“天宝初，病，梦游帝居，数日寤，乃请为道士，还乡里。诏许之，以宅为千秋观而居。又求周宫湖数顷为放生池，有诏赐镜湖剡川一曲。”贺知章回乡在天宝三载（744）春。李白获悉后作《送贺监归四明应制》《送贺宾客归越》二诗送别。贺知章回乡不久后去世，李白或许还未获悉。天宝五载（746），李白思念故人，不远千里，南下会稽，前去拜访。不料，半路上得知故人已逝，只好乘船返回，又作《访贺监不遇》《对酒忆贺监二首》，以记录贺知章的知遇之恩，表达对贺知章的怀念之情。

賀監故里
甲辰夏月 風光

酬刘员外见寄

严维

苏耽佐郡时，近出白云司。
药补清羸疾，窗吟绝妙词。
柳塘春水漫，花坞夕阳迟。
欲识怀君意，明朝访楫师。

注：唐至德二载（757），严维登进士第，其后不久，授诸暨尉，时年四十有余。大历年间诗人居家，创作了不少抒写山水胜迹的诗作。该诗或作于此时。

严维园林

严维是大历年间浙东诗坛领袖，其园林在今绍兴市东郊十二里箬篑山南麓，东有柳塘，南对秦望山和香炉峰，西傍东湖，近接村桥，远通山坞。嘉泰《会稽志》卷十三："严长史宅，大历中郑概、裴晃等联句赋诗，与长史凡六人。长史名维，以诗著称。其自句云：'落木秦山近，衡门镜水通。'又皇甫冉《宿严长史宅》诗亦云：'昔闻玄度宅，门对会稽峰。君住东湖下，清风继旧踪。'"康熙《会稽县志》卷五："严维宅，在东湖。唐大历中，维为长史，因名长史村。自题云：'落木秦山近，衡门镜水通。'又有园林，颇名于唐。其诗云：'策杖山横绿野，乘舟水入衡门。'又曰：'山松交日影，枕簟上湖光。'"诗人们云集于中唐的江南园林，联唱之风雅仿若在目。

嚴維園林
甲辰夏月

赠方干处士歌（节选）　吴融

把笔尽为诗，何人敌夫子？句满天下口，名聒天下耳。不识朝，不识市。旷逍遥，闲徒倚。一杯酒，无万事。一叶舟，无千里。衣裳白云，坐卧流水。

注：吴融（850—903）所在的村落与方干岛相距二十余里，水路相通。其入仕以前，与方干过从甚密。此诗作于咸通十四年（873）前后。

镜中别业

镜中别业即方干隐居过的笋庄，地处镜湖之中，人称方干岛。嘉泰《会稽志》卷九："方干岛，在（会稽）县东南五里，唐方干别墅也。干咸通中居越中，有诗云：'沙边贾客喧渔市，岛上潜夫醉笋庄。'郑谷《题方干别墅》云：'野岫分开径，渔家并掩扉。'今镜湖中小山是也。"康熙《会稽县志》："方干岛在会稽山东北麓，俗呼寒山，方干之别墅也。"方干岛靠近州城，别业前有池塘，塘中立藕，周围植竹，故称笋庄。庭前种梅，有小径通桥，与樵猎为邻。方干寄情山水，以诗会友，足迹遍布秦望山、会稽山、宛委山、云门山、东山、石门山、剡山、天台山等地。方干岛也是唐朝诗人聚会之所，罗隐、吴融、杜荀鹤、贯休、齐己等人是此处常客，而诗歌无疑是众人的精神航标。

鏡中影業
甲辰夏月 凤光

兰亭集序（节选）　王羲之

群贤毕至，少长咸集。此地有崇山峻岭，茂林修竹，又有清流激湍，映带左右。引以为流觞曲水，列坐其次。虽无丝竹管弦之盛，一觞一咏，亦足以畅叙幽情。

注：东晋永和九年（353）三月三日，王羲之、孙绰、谢安等42人于兰亭修禊，成千古韵事。

兰亭修禊

兰亭在今绍兴市西南二十五里。《十道四蕃志》："越州兰亭，王逸少会处。"《水经注》："湖南有天柱山，湖口有亭，号曰兰亭，亦曰兰上里。太守王羲之、谢安兄弟数往造焉。吴郡太守谢勖封兰亭侯，盖取此亭以为封号也。太守王廙之移亭在水中。晋司空何无忌之临郡也，起亭于山椒，极高尽眺矣。"兰亭曾数易其址，除《水经注》所记，明绍兴知府沈启迁今址，但均非原址。《会稽掇英总集》："天章寺去山阴县西南二十五里，乃晋王右军兰亭曲水之遗址，故书堂、墨池间有存者。"则宋初兰亭在今天章寺附近。兰亭令唐朝诗人向往。《旧唐书・元稹传》："稹所辟幕职，皆当时文士，而镜湖、秦望之游，月三四焉。而讽咏诗什，动盈卷帙。副使窦巩海内诗名，与稹酬唱最多，至今称兰亭绝唱。"

蘭亭修禊
甲辰夏月风光
詩和遠方

酬浙东李侍郎越州春晚即事长句

刘禹锡

越中蔼蔼繁华地，秦望峰前禹穴西。
湖草初生边雁去，山花半谢杜鹃啼。
青油昼卷临高阁，红旆晴翻绕古堤。
明日汉庭征旧德，老人争出若耶溪。

注：刘禹锡（772—842）因「八司马事件」被贬朗州，直至大和元年（827）任东都尚书始回朝。后历任苏州、汝州、同州刺史。开成元年（836）改任太子宾客等闲职，其间作是诗。

秦望刻石

秦望山是越地的标志，在绍兴市南四十里，因秦始皇南巡时“望于南海”而得名，又因《秦会稽山刻石铭》称“刻石山”。《艺文类聚》卷八引《会稽记》：“东有秦望山。昔秦始皇登此，使李斯勒石。其碑见在。”《水经注》：“秦始皇登会稽山，刻石纪功，尚存山侧。孙畅之《述书》云：丞相李斯所篆也。”秦望山前嶕岘为古越国旧都所在。《水经注》：“山南有嶕岘，岘里有大城，越王无余之旧都也。故《吴越春秋》云：勾践语范蠡曰：先君无余，国在南山之阳，社稷宗庙在湖之南。”秦望山是群山，其南麓为云门山，唐时属会稽县，其北麓为法华山，唐时属山阴县。陆参《法华山碑》：“夏后巡狩越山，方名会稽，后世合而为秦望，厘而为云门、法华，其实一也。”

秦望刻石
甲辰夏月
秦望山

游法华寺（节选）　李邕

山势转深看更好，岭霞溪雾没楼台。
异时花向阴崖发，远处泉从青壁来。

注：李邕（678—747），世称李北海，精于书法，名闻天下。因才遭忌，多次受贬。开元二十三年（735）前后在越州，住今绍兴市北海桥附近。桥即后人纪念他的实证。

法华天衣

法华山在绍兴市西南三十五里，位于秦望山北麓。有法华、衣盂、积翠、朝阳、云门、倚秦、天女、猿啸、起云、月岭十峰，又有两条溪水流经其间。李绅《题法华寺五言二首十韵》："十峰排碧落，双涧合清涟。"山因法华寺而得名。嘉泰《会稽志》卷七："晋义熙十三年（417）高僧昙翼结庵，诵《法华经》，多灵异。内史孟颢请置法华寺。至梁，惠举禅师亦隐此山……有翼公所顶戴紫坛十二面观音及梁昭明太子统遗举公金缕木兰袈裟、红银澡瓶、红琉璃钵。"《会稽掇英总集》卷八："至会昌，寺废。大中复兴，改寺额曰天衣。"唐时，李邕游历作诗并立《秦望山法华寺碑》，皇甫冉、皎然、元稹、白居易、李绅等有诗。法华山也是大历年间诗人联唱活动的重要场所。

法華天衣
甲辰夏月 凤光

仲春晚寻覆釜山（节选）

钱起

蝴蝶弄和风，飞花不知晚。
王孙寻芳草，步步忘路远。
况我爱青山，涉趣皆游践。
萦回必中路，阴晦阳复显。
古岸生新泉，霞峰映雪巘。
交枝花色异，奇石云根浅。

注：「大历十才子」之一的钱起（约720—780）于天宝初年到浙东，探禹穴，游耶溪，宿云门，留下诗作多首。是诗当作于此时。

炉峰飞鹫

会稽山位于绍兴市东南十二里，主峰名香炉峰。《太平御览》卷四十一引《会稽记》："会稽山在县东南，其上石状似覆釜，禹梦玄夷仓水使者却倚覆釜之上是也。"其得名可溯及夏禹。嘉泰《会稽志》卷九："禹会江南，计功而崩，因葬焉，命曰会稽。会稽者，会计也。"会稽作为群山，地广名多。嘉泰《会稽志》卷九："会稽山周回三百五十里，盖总言东南诸山之隶会稽郡者。"万历《绍兴府志》："禹登茅山，大会计，更名茅山曰会稽山。……曰苗山，曰茅山，曰衡山，曰釜山，曰防山，曰覆釜，曰栋山，曰南山，实一山也。"会稽山多入唐诗，如孟浩然"户外一峰秀，阶前众壑深"（《题大禹寺义公禅房》），刘禹锡"浙江涛惊狮子吼，稽岭峰疑灵鹫飞"（《送元简上人适越》），白居易"石凹仙药臼，峰峭佛香炉"（《和微之春日投简阳明洞天五十韵》）。

甲辰夏月

禹庙　李绅

削平水土穷沧海，畚锸东南尽会稽。
山拥翠屏朝玉帛，穴通金阙架云霓。
秘文镂石藏青壁，宝检封云化紫泥。
清庙万年长血食，始知明德与天齐。

注：此诗为李绅《新楼诗二十首》之一，内容为李绅回忆自己任越州刺史晋谒大禹庙时的情景，诗中将大禹治水描写得传神到位。此时诗人已过花甲之年。

禹陵怀古

会稽山传说是大禹的葬地，农历三月五日为大禹生日，岁祭不断。《史记·越王勾践世家》："越王勾践，其先禹之苗裔，而夏后帝少康之庶子也。封于会稽，以奉守禹之祀。"嘉泰《会稽志》卷六："禹陵在会稽县南一十三里。……禹庙在县东南一十二里。"古代此地有封神之举，遂成为越中人文圣地。嘉泰《会稽志》卷九："隋开皇十四年（594）诏会稽等山，并就山立祠。唐开元十四年（726），封四镇山为公，会稽南镇曰永兴公。"又卷六："南镇庙，在县南一十三里。……扬州之镇山曰会稽，就山立祠。天宝十载（751），封会稽山为永兴公，每岁一祭。"及唐，宋之问、元稹、李绅等人前往祭祀，如李绅于"大和八年（834）十月，自访禹庙祈祷"，作《登禹庙回降雪》诗。

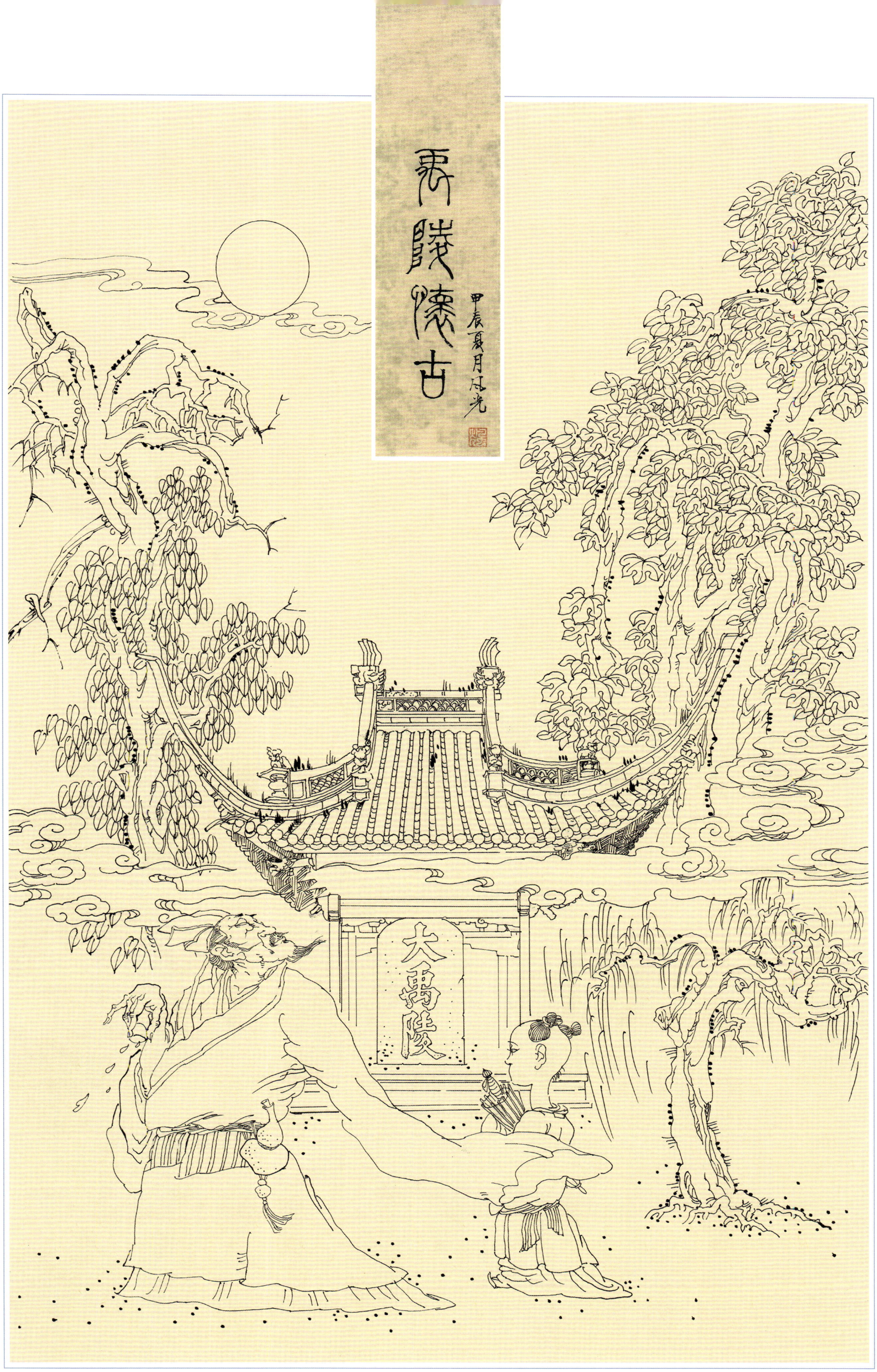
禹陵懷古
甲辰夏月
大禹陵

游禹穴回出若邪 宋之问

禹穴今朝到，邪溪此路通。
著书闻太史，炼药有仙翁。
鹤往笼犹挂，龙飞剑已空。
石帆摇海上，天镜落湖中。
水低寒云白，山边坠叶红。
归舟何虑晚，日暮使樵风。

注：是诗作于宋之问贬任越州刺史期间。据《新唐书·宋之问传》记载，诗人曾「穷历剡溪山，置酒赋诗，流布京师，人人传讽」，可惜其有关剡溪之诗作已佚。

宛委帆影

宛委山在绍兴市东南十五里，又名玉笥山、石匮山、天柱山，西北与石帆山相连，因大禹而闻名。《吴越春秋》卷六：“（禹）斋于黄帝岩岳之下……三月庚子，登宛委山，发金简之书，案金简玉字，得通水之理。”山因大禹“斋于黄帝岩岳之下”，而成为道教名庭。嘉泰《会稽志》卷九：“山下有栖神馆，唐改为怀仙馆，今为龙瑞宫。《道书》云阳明洞天，一云极玄太玄之天。”怀仙馆为孔灵产入道后重建，一直为越州胜迹。在龙瑞宫旁的飞来石上，贺知章所撰《龙瑞宫记》摩崖石刻至今完好无损。宛委山、会稽山、石帆山几成鼎立，实为连山，宛委山在会稽山东南，石帆山在会稽山东。唐时，三山均濒临镜湖，山水相映，呈“湖南山尽见，岩岩石帆影”的景致。

上巳日越中与鲍侍郎泛舟耶溪　刘长卿

兰桡缦转傍汀沙，应接云峰到若耶。
旧浦满来移渡口，垂杨深处有人家。
永和春色千年在，曲水乡心万里赊。
君见渔船时借问，前洲几路入烟花？

注：唐上元二年（761）至大历二年（767），刘长卿（约725—约790）隐居在剡县石城山碧涧，足迹遍布越州各县，并远及天台，与秦系、严维、灵一、灵澈、皇甫曾、朱放、李冶等过从甚密。此诗约作于广德元年（763）春诗人到越中不久之时。

若耶春烟

若耶溪又称浣纱溪、刘宠溪、越溪、五云溪、樵风泾，发源于绍兴市东南四十五里的若耶山，北入镜湖，是镜湖三十六源中的最大水源。《太平寰宇记》："若耶溪在越州会稽县东南二十八里。"《一统志》："若耶溪，西施采莲于此。"其源头嶕岘为於越部族的发祥地。《越绝书》卷八："若耶大冢者，勾践所徙葬先君夫镡冢也。"若耶溪和剡溪、浣纱溪并称越中三大名溪，访者络绎不绝，其流经的云门寺是唐代东南大刹，平水镇是浙东茶叶集散地。宝庆《会稽续志》卷三："平水市在县东二十五里。元稹序《白氏长庆集》云：'予尝于平水市中见村校诸童竞习歌诗，召而问之，皆对曰："先生教我乐天、微之诗。"固亦不知予之为微之也。'其自注云：'平水，镜湖傍草市名。'"

甲辰夏月风光

题西施石　王轩

岭上千峰秀，江边细草春。
今逢浣纱石，不见浣纱人。

注：诗人少即能诗，尤善题咏。于唐大和年间登进士第。曾游苎萝山并题诗，为人称颂。

浣纱沉鱼

西施本名施夷光，春秋末越国句无苎萝（今浙江诸暨苎萝村）人，自幼随母浣纱江边，又称“浣纱女”。西施是美的化身和代名词，与王昭君、貂蝉、杨玉环并称“中国古代四大美女”，后人称“西子”“沉鱼”。勾践灭吴后，随范蠡泛五湖而去，不知所终。若耶溪边还生活过铸剑能手欧冶子。《越绝书》：“欧冶乃因天之精神，悉其伎巧，造为大刑三、小刑二：一曰湛庐，二曰纯钧，三曰胜邪，四曰鱼肠，五曰巨阙。”嘉泰《会稽志》卷九引《旧经》：“（赤堇山）欧冶子为越王铸剑之所。”若耶溪与剡溪一样，山水独绝，人文鼎盛，既有泛舟探胜之趣，又有临流设宴之乐，更有寄情抒怀之境，故自两晋六朝以来，寻访者如过江之鲫，络绎不绝，留下诗作颇多。

宿云门东客院

萧翼

路入山西又向西，雨和春雪旋成泥。
风吹叠巘云头散，月照平湖雁影低。
拄杖负书寻远寺，倩童牵鹿渡深溪。
今朝独宿岩东院，唯听猿吟与鸟啼。

注：萧翼生卒年不详，唐贞观年间曾任监察御史。其间受唐太宗旨意，到越州永欣寺（云门寺），从王羲之七世孙智永和尚弟子辨才手中赚取《兰亭集序》真本。

云门留题

云门山位于绍兴市东南四十里，北倚秦望山，南对陶宴诸山，与法华山同为秦望山的一部分。嘉泰《会稽志》卷九：“云门山在会稽县南三十里。《旧经》云：晋义熙二年（406），中书令王子敬居此，有五色祥云见。诏建寺，号云门。”山因云门寺而得名。嘉泰《会稽志》卷七：“淳化寺在（会稽）县南三十里。中书令王子敬所居也。义熙三年（407），有五色祥云见。安帝诏建云门寺。……淳化五年（994）十一月改今额。”唐时，萧翼曾受太宗委派到云门寺，从辨才手中赚取真本《兰亭集序》。“越山千万云门绝”，这是皎然题咏云门的诗句，也是唐人对云门山的评价。杜甫、王维、孟浩然、宋之问、刘长卿、元稹、白居易等都到过此地，并留有诗篇。大历浙东联唱之时，云门更是风雅不绝。

雲門留題
甲辰夏月

称心寺

骆宾王

征帆恣远寻，逶迤过称心。
凝滞蘅茝岸，沿洄楂柚林。
穿溆不厌曲，舣潭惟爱深。
为乐凡几许，听取舟中琴。

注：唐调露元年（679）冬，骆宾王（638—684）因上疏言事得罪武后，于次年谪临海（今浙江临海）丞。此诗作于赴任途中。

称心征帆

称心寺又名称心资德寺、称心山寺，在会稽县东北（今属浙江上虞）曹娥江下游称心山（又名称山）上。嘉泰《会稽志》卷九：“称山在（会稽）县东北六十里。《旧经》云：越王称炭铸剑于此。《越绝》云：勾践时采锡于山为炭，称炭聚，载从炭渎（至）练塘，各因事名之。俗呼称心山。”康熙《会稽县志》卷三：“在县东北六十里，丰山西北，北环大海。”嘉泰《会稽志》卷七：“称心资德寺，在（会稽）县东北四十五里。梁大同三年（537）建。会昌中废。大中五年（851），观察使李褒奏重建。称心在唐为名山，与云门、天衣埒。”称心山拔地而起，峭然孤立，又濒临杭州湾，登眺别具壮观。专程到访或转道游览的唐朝诗人不少。

浙东诗路图说

舟中晓望 孟浩然

挂席东南望，青山水国遥。
舳舻争利涉，来往接风潮。
问我今何去？天台访石桥。
坐看霞色晓，疑是赤城标。

注：唐开元十七年（729），孟浩然离开长安，辗转于襄阳、洛阳，夏季游吴越，次年游玩于江南名山古刹。开元十九年（731），43岁的孟浩然继续在越州一带游玩，是诗即作于此年。

曹娥行孝

曹娥江又称舜江、浦阳江、上虞江、娥江，狭义上指剡溪口至曹娥庙前的一段。光绪《上虞县志校续》："自剡县来，东折而北，至曹娥庙前，名曹娥江。"广义上则包括剡溪。齐召南《水道提纲》："曹娥江即古剡溪，源出天台及东阳，经新昌西北，为三溪。至嵊县南而西，港（长乐江）来会，曰剡溪。稍东折，东北流经浦口，有溪（黄泽江）自东南来会。又北流，经青风岭、嵪浦、三界，过东山至嶀坝东南，为曹娥江。"《后汉书》卷八十四："孝女曹娥者，会稽上虞人也。父盱……于县江溯涛婆娑迎神，溺死，不得尸骸。娥年十四，乃沿江号哭，昼夜不绝声，旬有七日，遂投江而死。至元嘉元年（151），县长度尚改葬娥于江南道傍，为立碑焉。"曹娥江"潮汐之险，亚于钱塘"，唐人多乘潮溯流往浙东。

曹娥行孝
甲辰夏月凤光
上曹盱之女也
居盱能撫節安歌
伍君逆濤而爲水所淹
慕思盱哀吟澤畔旬有七
死經五日抱父屍出以漢安迄于元
尚設文之誄之辭

题曹娥庙

赵嘏

青娥埋没此江滨，江树飕飗惨暮云。
文字在碑碑已堕，波涛辜负色丝文。

注：唐大和二年（828）越州海啸，四至五年连遭大水，曹娥汉碑堕江失落。《世说新语》：魏武尝过曹娥碑下，杨修从。碑背上见题作「黄绢、幼妇、外孙、齑臼」八字。魏武谓修曰：「解不？」答曰：「解。」魏武曰：「卿未可言，待我思之。」行三十里，魏武乃曰：「吾已得。」令修别记所知。修曰：「黄绢，色丝也，于字为绝。幼妇，少女也，于字为妙。外孙，女子也，于字为好。齑臼，受辛也，于字为辞。所谓「绝妙好辞」也。魏武亦记之，与修同，乃叹曰：「我才不及卿，乃觉三十里。」

绝妙好辞

曹娥庙又叫灵孝庙、孝女庙，位于今浙江省绍兴市上虞区曹娥街道。嘉泰《会稽志》卷六："曹娥庙在（会稽）县东七十二里。……元嘉元年（151），县长度尚改葬（曹娥）于江南道旁，为立碑焉。墓今在庙之左。"光绪《上虞县志校续》："汉元嘉元年，邑令度尚立石名贞孝，属其弟子邯郸淳作文诔之。……淳文成，尚以视魏朗，大叹服。蔡邕闻之来观，适夜，以手摸其文读之，题曰：黄绢（绝）、幼妇（妙）、外孙（好）、齑臼（辞）。……"曹娥庙坐西朝东，背依凤凰山，面向曹娥江，以雕刻、楹联、壁画、书法（古碑）"四绝"饮誉海内外。2013年被列为全国重点文物保护单位。唐人入剡，感念曹娥孝道，途经此地，多有吟咏。

绝妙好辞
甲辰夏月风光

赴剡溪暮发曹江（一作《会稽东小山》）

陆羽

月色寒潮入剡溪，青猿叫断绿林西。
昔人已逐东流去，空见年年江草齐。

注：唐宝应元年（762）至大历五年（770）鲍防在越州期间，陆羽（约733—约804）曾往访，并与皎然、张志和、皇甫冉等人交往。

小江天青

小舜江位于今绍兴市东南九十里，绍兴市上虞区南二十八里。光绪《上虞县志校续》卷二十二引万历《绍兴府志》："水出会稽界而入大江（曹娥江）。《水经注》：'小江源出峨山，谓之峨浦。'亦名小舜江。西为会稽，东为上虞，其源出浦阳江，东北流经汤（阳）浦，入曹娥江。"小舜江流经的外石浦附近山上青瓷窑遗址密布，最著名的为小仙坛窑址，是越瓷的主要发祥地，自东汉开窑以后，历代不衰，到中唐时期又有发展。越瓷造型端庄优雅，质地温润精细，釉呈半透明状，色泽微青，时人称"雨过天青"。小舜江口有小江村，唐时设有小江驿，是剡溪和小舜江通往曹娥江的要冲，水陆路均可通达，隔江即为东山。

水江天青
甲辰夏月

忆东山　李白

不向东山久，蔷薇几度花。
白云还自散，明月落谁家？

注：诗人分别于开元十四年（726）、开元二十七年（739）、天宝六载（747）、天宝十二载（753）和至德元载（756）五次到浙东，其间都有可能驻足东山。蔷薇花每年4月至9月次序开放，花期达半年之久。

东山再起

东山在今浙江省绍兴市上虞区南二十六里，距上虞古县城丰惠镇西南四十五里。嘉泰《会稽志》卷九："东山，在县（旧治丰惠镇）西南四十五里，晋太傅谢安所居也，一名谢安山。岿然特立于众峰间，拱揖蔽亏，如鸾鹤飞舞。其巅有谢公调马路，白云、明月二堂址。千嶂林立，下视沧海，天水相接，盖绝景也。下山出微径，为国庆寺，乃太傅之故宅。傍有蔷薇洞。……今山西有太傅墓。"东山出名与谢安密不可分，他聚族隐于东山，朝廷屡征不动，时人有"安石不肯出，将如苍生何"的感叹。后来谢安出任宰相，使东晋王朝转危为安。东山再起的典故，便出在此处。唐代诗人慕名而至，留下诗篇，成为美谈。

東山再起
甲辰夏月

壮游（节选） 杜甫

枕戈忆勾践，渡浙想秦皇。
蒸鱼闻匕首，除道哂要章。
越女天下白，镜湖五月凉。
剡溪蕴秀异，欲罢不能忘。

注：此诗作于大历元年（766），追述自己在开元十九年（731）至二十三年（735）间的越中漫游，特别道出剡溪令人欲罢不能的秀异之美。

剡溪蕴秀

剡溪在今浙江省嵊州市，汇长乐江、澄潭江、新昌江、黄泽江诸流，至三界入曹娥江。《元和郡县志》："剡溪出县西南北流，入上虞县界为上虞江。"《太平寰宇记》："剡溪，在县南一百五十步。"嘉泰《会稽志》卷十："剡溪在县南一百五十步……东北流入上虞县界，以达于江。"《辞海》："剡溪，古水名。在今浙江嵊州市，即曹娥江上游。"剡溪自古为越中胜境，"气聚山川之秀，景开图画之齐"。《剡录》："《会稽郡记》曰：'会稽境特多名山水，潭壑镜彻，清流泻注。'惟剡溪有之。王子敬云：'从山阴道上行，山川自相映发，使人应接不暇。若秋冬之际，尤难为怀。'子敬所云，岂惟山阴，特剡溪尤过耳。"唐人将剡溪水与会稽山并列，诗人纷至沓来，诗踪遍地。

剡溪蕴秀
甲辰夏月

东鲁门泛舟二首

李白

日落沙明天倒开，波摇石动水萦回。
轻舟泛月寻溪转，疑是山阴雪后来。
水作青龙盘石堤，桃花夹岸鲁门西。
若教月下乘舟去，何啻风流到剡溪。

注：是诗作于诗人寓居东鲁期间。李白常与鲁中名士孔巢父等交游酣歌，时人称「竹溪六逸」。二诗虽记游东鲁月夜泛舟事，但均提到王徽之雪夜访戴的典故，其目的地正是剡溪。

始宁城隍

始宁县（治今浙江省嵊州市三界镇）建于东汉永建四年（129），废于隋开皇九年（589）。废县后，其地分属今柯桥区、上虞区、嵊州市和余姚市。《后汉书·郡国志》：“上虞，汉末分南乡立始宁县。”《宋书·州郡志》引《续会稽记》：“始宁县，顺帝永建四年（129），分上虞南乡立。”始宁城隍庙是始宁县建置的见证，位于今三界镇，初建于东汉永建年间，东与曹娥江相望。东晋咸和年间，中原士族迁居始宁，以谢家最为著名。唐贞元二十一年（805），洪水决堤，始宁官巷成为江道。民国三十二年（1943）12月，日寇纵火毁庙，城隍庙中古铜钟被劫。民国三十六年（1947），重建钟鼓楼。唐代慕名而至的诗人不少，吟咏颇多。

甲辰夏月风光

龙宫寺　李绅

银地溪边遇衲师，笑将花宇指潜知。
定观玄度生前事，不道灵山别后期。
真相有无因色界，化城兴灭在莲基。
好令沧海龙宫子，长护金人旧浴池。

注：诗人于贞元十八年（802）、元和三年（808）、大和七年（833）至龙宫寺，捐俸修寺，并撰《龙宫寺碑》。据款识：「唐大和九年乙卯岁四月廿五日建。」可知碑立于835年。此诗当作于立碑前后，为李绅《新楼诗二十首》之一

龙宫旧影

龙宫寺地处今嵊州市崿山北麓，东临剡溪和崿浦，初建于梁天监二年（503），号龙宫院。唐会昌间废，咸通十二年（871）重建。宋大中祥符元年（1008）改名龙藏寺。龙宫寺的出名与李绅有关。《剡录》卷七："龙藏寺有唐李绅书堂，旧有李绅画像。"李绅《龙宫寺碑》记载了他游历寺庙、捐俸修寺以及与长老修真的故事，李绅还写有《龙宫寺》诗。范摅《云溪友议》中有《梦食李》一则，记述李绅游寺逸事，《剡录》亦有记载。清同治八年（1869），寺院改建为芝山书塾。1936年，当代"茶圣"吴觉农在此创办浙江省茶叶改良场。新中国成立后，创办浙江三界茶厂。现为浙江华发茶业有限公司。李绅所撰《龙宫寺碑》，1950年由浙江省博物馆珍藏，嵊州市文物管理中心存有拓片。

龍宮舊影
甲辰夏月風光

泛春池（节选） 白居易

白蘋湘渚曲，绿筱剡溪口。
各在天一涯，信美非吾有。
何如此庭内，水竹交左右。
霜竹百千竿，烟波六七亩。

注：白居易（772—846）于长庆二年（822）十月至长庆四年（824）五月任杭州刺史，其间游历越中，到过剡溪，并作此诗。

嶀浦佛光

嶀浦古称剡溪口，景色秀丽，浦南有成功峤，浦口有庙。嘉泰《会稽志》卷六：“上善济物侯庙，在（嵊）县北四十五里五十步嶀浦。案郦道元《水经注》云：‘庙甚灵验，行人及樵伐者皆致敬焉，若有侵窃，必为蛇虎所伤。’今虽不闻有蛇虎之异，而邑有水旱，必先致祷。又嘉祐进士何淹记云：‘侯姓陈氏，为台州之仙居令，晋天福中有封诰。’”民国《嵊县志》卷七：“杜春生《越中金石记》：‘神名廓。’王梅溪《嶀山赋》曰：‘陈廓漂流。’《宝庆续志》云：‘神，睦州青溪县人。’”庙坐落在今三界镇嶀浦村东侧小山上，下临潭，先后于宋庆元、嘉定，清嘉庆、道光、宣统年间重修，现存大殿为晚清建筑。唐代，剡溪北流到嶀浦与曹娥江相接。

嶀浦佛谷

送越客　张籍

见说孤帆去，东南到会稽。
春云剡溪口，残月镜湖西。
水鹤沙边立，山鼯竹里啼。
谢家曾住处，烟洞入应迷。

注：张籍（约767—约830）为韩愈大弟子，与王建齐名，与李绅、元稹、白居易等交游甚密。诗人晚年生活安定以后，曾与白居易一同入剡。

康乐钓台

《水经注》卷四十：“自嶀山东北径太康湖，车骑将军谢玄田居所在。右滨长江，左傍连山，平陵修通，澄湖远镜……山中有三精舍，高甍凌虚，垂檐带空，俯眺平林，烟杳在下，水陆宁晏，足为避地之乡矣。江有琵琶圻。”《剡录》卷四“谢康乐石床”：“嶀山下有石床，康乐尝垂钓于此。”钓台共两处。一处在今嵊州市三界镇灵运村剡溪东岸，岸边有一临江凸出的巨石如床，随水位高低而出没，即钓台遗址，人称钓鱼潭。一处在嶀浦，称“谢康乐石床”，上有题刻。民国《嵊县志》卷三十一：“在嶀浦庙下半里许龙爪岩，康乐钓台之上，正书二十余行，相传亦灵运所书。”史载谢玄酷爱钓鱼，每有收获，便制成腌鱼送给亲友，《全晋文》录其文10篇，其中4篇与垂钓有关。

康樂釣臺
甲辰夏月

曾东游以诗寄之（节选） 皇甫冉

气凄湖上雨，月净剡中夕。
钓艇或相逢，江蓠又堪摘。
迢迢始宁墅，芜没谢公宅。
朱槿列摧墉，苍苔遍幽石。

注：诗人于乾元元年（758）前后入浙游越。作此诗时，诗人约43岁。

敕书岭上

敕书岭是东晋朝廷向谢玄传送文书的古道，在今嵊州市车骑山上，由三界镇向南通往仙岩镇。《剡录》卷二："车骑山，谢玄之居也。"车骑山原名曾山，在动石溪、十八都江、嵊溪、剡溪的迂回环绕之中，是一个独立的地貌单元，后因谢玄隐居而更名。敕书岭古道以嶀浦潭东岸钓台遗址为起点，依岭而建，就地取材，面层土路与块石路、弹石路相间，路宽0.8米至1.8米不等。其中，钓台遗址至大水坑村约3000米，大水坑村至高坎爿村1500米，高坎爿村至谢家村约2000米，谢家村至李岙村1500米。敕书岭古道是与谢玄有关的文化遗存，该古道在地形图上称"官大路"，村民叫敕书岭，现为嵊州市文物保护点，也是嵊州市浙东唐诗之路核心区的重要文化遗存。

甲辰夏月凡光

送二季之江东　李白

初发强中作，题诗与惠连。
多惭一日长，不及二龙贤。
西塞当中路，南风欲进船。
云峰出远海，帆影挂清川。
禹穴藏书地，匡山种杏田。
此行俱有适，迟尔早归旋。

注：诗仙五到浙东，四次入剡。强中即今嵊州市仙岩镇强口村，谢灵运曾在此与从弟谢惠连告别。

车骑精舍

谢玄家族曾在车骑山一带建始宁墅，有南山楼、桐亭楼、临江楼三精舍。首构南山楼。其《山居赋》自注："南山是开创卜居之处也。"次建桐亭楼。《水经注》："于江曲起楼，居民号为桐亭楼。"再筑临江楼。《游名山志》："从临江楼步路，南上二里余，左望湖中，右傍长江也。"三精舍鼎立。桐亭楼至南山楼，《山居赋》自注："从江楼步路，跨越山岭，绵亘田野，或升或降，当三里许。"桐亭楼至临江楼，《山居赋》自注："及至所居之处，自西山开道，迄于东山，二里有余。"临江楼至南山楼，即"南上二里余"，经敕书岭，现存不足三里。图测桐亭楼至临江楼1400米，临江楼至南山楼1400米，桐亭楼至南山楼1550米，实测均在1500米以上，足见《山居赋》描述之精准。

車騎精舍
甲辰夏月

贾侍郎自会稽使回篇什盈卷兼蒙见寄一首与余有挂冠之期因书数事率成十韵》（节选）

刘长卿

风物催归绪，云峰发咏题。
天长百越外，潮上小江西。
鸟道通闽岭，山光落剡溪。

注：此诗作于诗人旅居剡县石城寺期间。

覆卮仙踪

覆卮山旧称坛宴山，海拔861米，曾是始宁县最高峰，位于今嵊州市下王镇东北，与上虞区分界。谢灵运《入华子岗是麻源第三谷》诗称其为“群峰首”。《文选》注《山居图》：“华子岗，麻山第三谷。故老相传，华子期者，禄里弟子，翔集此顶，故华子为称也。”《唐才子传》卷三“道人灵一”：“一公，剡中人。童子出家，瓶钵之外，余无有。天性超颖，追踪谢客，隐麻源第三谷中，结茅读书。”麻源（山）第三谷即今覆卮山。相传谢灵运游此山，饮酒毕，覆卮于此，因而得名。黄宗羲《四明山志》记载，自汉至晋，覆卮山所在的太平山一带，白君、刘纲、樊云翘夫妇、梅福、葛洪、郗超、谢敷、孙绰等人先后隐逸在此。晚唐陆龟蒙与皮日休于此九题唱和，成为佳话。

甲辰夏月

梦游天姥吟留别（节选） 李白

湖月照我影，送我至剡溪。谢公宿处今尚在，渌水荡漾清猿啼。脚著谢公屐，身登青云梯。半壁见海日，空中闻天鸡。

注：今浙江嵊州境内有多条谢公古道，大致以剡溪为经，东侧沿车骑山，西侧沿嶀山，自北向南，殊途同归，可往天台。

谢公古道

谢灵运生于剡溪，长于剡溪，剡溪养成他“山水，性分之所适”的旅游观。《宋书·谢灵运传》：“灵运父祖并葬始宁县，并有故宅及墅，遂移籍会稽，修营别业，傍山带江，尽幽居之美。”他酷爱旅游，搭桥筑路，后人称谢公道。《宋书·谢灵运传》：“尝自始宁南山伐木开径，直至临海，从者数百人。”筑路的理由是“邦君难地崄”，目的是“旅客易山行”。道路自始宁南山（即今嵊州市嶀山），经剡县（今嵊州市），入天台石桥，达楢溪，全长65千米。石门岭古道是从始宁墅出发前往剡县的其中一条路线，从嶀山北今三界镇祝岙村入谷，经冷水湾、石门岭脚，至崇仁镇石门村，沿石门涧，抵达沸水水库，再折往禹粮岭，越明心岭，到嵊州市区。唐代诗人慕大谢之名而来，多有游历吟咏。

谢门古道
甲辰夏月凤光

石门瀑布 方干

奔倾漱石亦喷苔，此是便随元化来。
长片挂岩轻似练，远声离洞咽于雷。
气含松桂千枝润，势画云霞一道开。
直是银河分派落，兼闻碎滴溅天台。

注：诗人于25岁至39岁间居越中，其间遍游浙东，曾数次入剡。

石门屐痕

谢灵运辞归始宁后，扩建祖业，纵情山水。《南史·谢灵运传》："灵运因父祖之资，生业甚厚。奴僮既众，寻山陟岭，必造幽峻，岩嶂千重，莫不备尽。登蹑常着木屐，上山则去前齿，下山去其后齿。"《宋书·谢灵运传》："与隐士王弘之、孔淳之等纵放为娱，有终焉之志。每有一诗至都邑，贵贱莫不竞写，宿昔之间士庶皆遍，远近钦慕，名动京师。""灵运既东还，与族弟惠连、东海何长瑜、颍川荀雍、太山羊璿之，以文章赏会，共为山泽之游，时人谓之四友。"剡县谢岩山、石门山、贵门山等地都有他的足迹，特别是石门山，谢灵运经常游历，并写下《登石门最高顶》《夜宿石门》《石门新营》等10多首石门诗，成为300余年后李白等唐朝诗人慕名而来的文化标杆。

甲辰夏月

送越州辛法曹之任（节选）　李嘉祐

缘塘剡溪路，映竹五湖村。
王谢登临处，依依今尚存。

注：诗人李嘉祐（约722—782）是中唐肃宗、代宗两朝才子，天宝七载（748）进士。上元中出为台州刺史。与李白、刘长卿、钱起、皇甫曾和皎然相识。曾入剡，此诗或作于其台州刺史任上。

王谢饮水

强口井在今嵊州市仙岩镇强口村。井呈椭圆形，井壁用自然块石叠砌，井水清澈可饮。高似孙《剡录》卷四："世传王、谢诸人，雪后泛舟至此，徘徊不能去，曰：'虽寒，强饮一口。'"谢灵运辞官归隐始宁，遍游剡中，留下许多逸事。唐时，剡县有康乐、游谢两乡，下辖宿剡、明登、暝投等里，均按谢灵运"暝投剡中宿，明登天姥岑"诗意命名。乡人为纪念谢灵运，在谢岩村建有谢仙君庙（后迁移至强口村），又名谢仙君祠，奉他为乡主。《剡录》卷二："又有谢岩山，山有谢仙君祠。"每年农历六月初一和十月二十二日为庙会日。1964年，谢晋导演拍摄电影《舞台姐妹》时曾在此取外景。

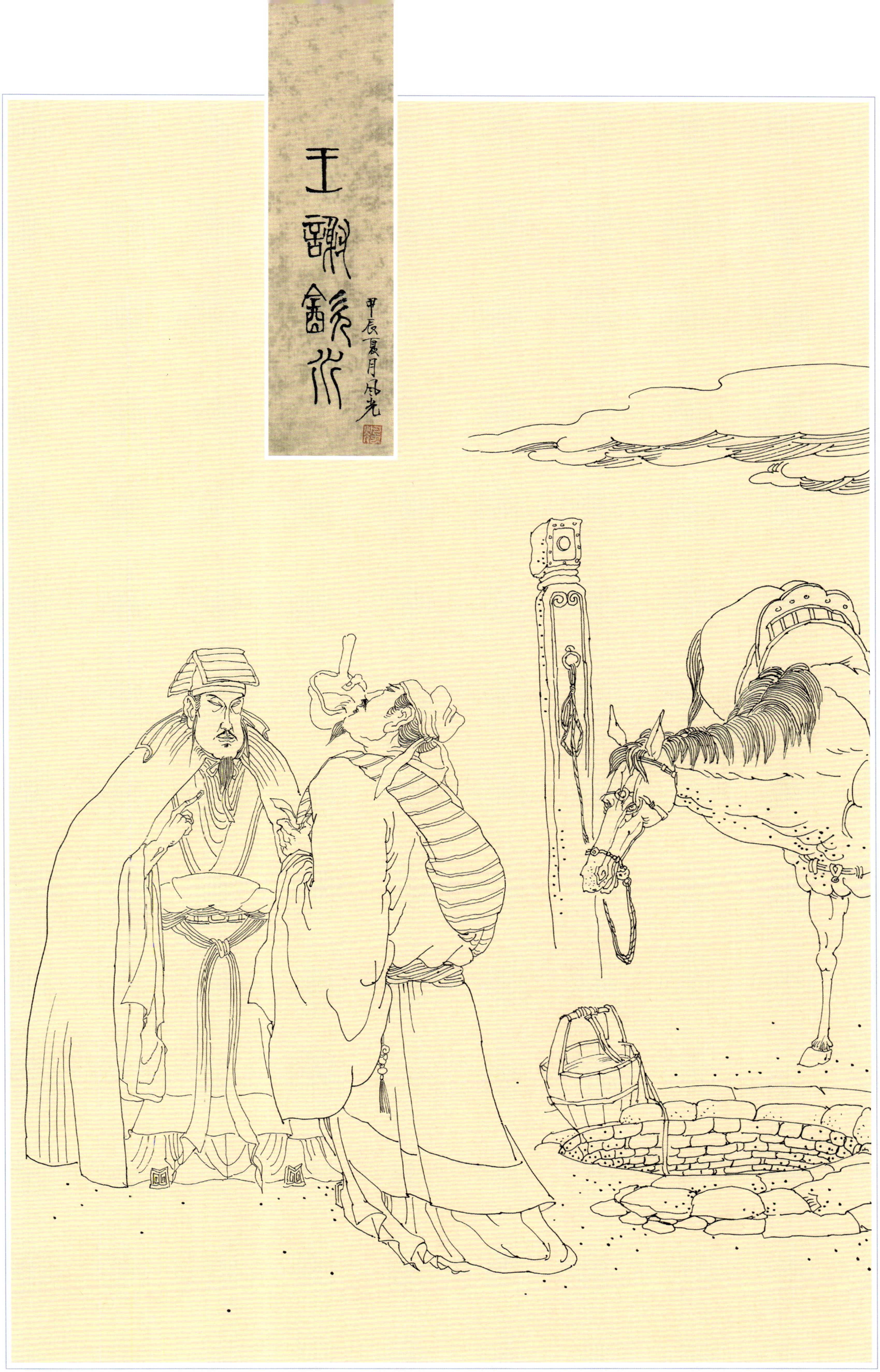
王謝飲水
甲辰夏月風光

舜井　朱庆余

碧甃磷磷不记年，青萝锁在小山巅。
向来下视千山水，疑是苍梧万里天。

注：朱庆余（约778—约842）为越州剡县（今浙江嵊州）人，于宝历二年（826）登进士第，官秘书省校书郎。曾受知于张籍，对家乡怀有深情。此诗即为歌咏家乡风物之作。

舜耕谷降

剡县建置之前是於越先民生活的地区，舜和禹的传说广为流行，并出现了相应的地名和遗迹，反映出此时的於越族已形成华夏文化认同。舜作为上古帝王，相传曾经到过这里，其栖身之处建有舜皇庙，庙内有舜井。《剡录》卷四："舜井，井二，在舜皇山。井中有蛇，生角。今为沙土所翳。"今嵊州市仙岩镇有舜皇山、舜皇村和舜皇庙，惜庙已不存。《剡录》卷二："北曰舜皇山，山最崇矗，冈岭复深，有舜井焉。"嵊州市西北有谷来山和谷来镇，据传舜帝曾经在这里耕作，谷来由此得名。民国《嵊县志》卷一："谷来山，在县西北七十里富顺乡。《十道四蕃志》：'舜耕于此，天降嘉谷。'"唐朝时，舜皇山一带自然胜景和魏晋六朝遗迹也多，诗人泊舟登岸就可游览。

甲辰夏月
米酒

题湖上兰若示清会上人

皎然

峰心惠忍寺，嵊顶谢公山。
何似南湖近，芳洲一亩间。
意中云木秀，事外水堂闲。
永日无人到，时看独鹤还。

注：皎然（730—799，一说720—803）曾走访名山，遍寻大德，常入法席，四处参学。他在剡县建有山居，且生活过较长时间，其《哭觉上人（时绊剡中）》和《山居示灵澈上人》诗即是佐证。

甑山遗痕

甑山即今车骑山，谢灵运称“曾山”和“曾峰”，皎然称“谢公山”和“剡东峰”，在今浙江省嵊州市仙岩镇北。相传大禹治水时，此处为生火做饭之地，乡民也称“禹山”。《剡录》卷四：“（了山）近有甑山，谓（禹）尝炊于此。张华《博物志》曰：‘禹治水，弃余食于江，为禹余粮。’”谢玄隐居始宁之后，在嵪浦、甑山一带经营庄园，其孙谢灵运继续扩建始宁墅。《山居赋》：“近西则杨、宾接峰，唐、皇连纵，室、壁带溪，曾、孤临江。”自注：“曾山之西，孤山之南，王子所经始，并临江，皆被以绿竹。”此时，甑山已改名曾山。谢氏去后，邑人又更为今名。《剡录》卷二：“车骑山，谢玄之居也。”唐时，谢灵运十世孙、诗僧皎然驻锡宝积寺，尝游历剡中，登临此山。

甲辰夏月

登蒲涧寺后二岩（节选）

李群玉

涧有尧年韭，山余禹日粮。
楼台笼海色，草树发天香。
浩啸烟波里，浮溟兴甚长。

注：诗人李群玉（约808—约860）一生交游甚广，足迹遍及河南、河北、陕西和大江南北，《全唐诗》录其诗263首。

功毕了溪

剡溪古名了溪。嘉泰《会稽志》卷十：“了溪在（嵊）县东北一十五里，源出了山，合县南溪流以入于剡溪。《旧经》云：‘禹疏了溪，人方宅土。’”宝庆《会稽续志》：“剡溪，古谓之了溪。《图志》谓：‘禹治水至此毕矣。’”相传大禹劈开嵝山和嵊山，将剡中之水导入大海，治水告成，因名了溪，有了山、成功峤等禹迹。《剡录》卷二：“曰了溪者，推禹功也。……王铚《僧湛然了溪诗序》曰：‘水逆行谓之洚水，今浙江之潮，逆行之水也。禹因三江入海，顺水性自然处，以告成功，故剡溪谓之了溪。’”《剡录》卷四：“禹余粮岭，在了山，山下为了溪。王銍序言禹治水止于此，山中产药，称禹余粮，盖余食所化。”今嵊州市剡湖街道禹溪村有禹王庙，南壁存清道光十九年（1839）重修禹王庙碑记。

功畢了溪
甲辰夏月

忆吴处士

贾岛

半夜长安雨，灯前越客吟。
孤舟行一月，万水与千岑。
岛屿夏云起，汀洲芳草深。
何当折松叶，拂石剡溪阴。

注：苦吟诗人贾岛（779—843）早年为僧，19岁始云游四海。还俗后屡举进士不第，在长安结识了吴处士。离别后思念故友，便写了两首诗，这是其中的一首，用到了剡溪的典故。

剡坑千秋

剡坑在今嵊州市剡山星子峰南400米，相传为秦始皇时所掘。《宋书》卷二十七："秦始皇帝曰：'东南有天子气。'于是东游以厌之。"天子气即王气，必须将王气所在的剡山山岗凿断，毁其地势，改其水流，方能保住王朝帝业。自"禹禅会稽"后，会稽山即为扬州镇山，星子峰在会稽山南端，旧有"越为首，剡为面"之说，又此地为大禹毕功之处，望气者称有天子气，非空穴来风。《剡录》卷二："（剡山）北出一峰曰星子峰，比他山称峻竦，冈陇迢递，与星婺脉络；其下曰剡坑，清湍潺潺，行竹树阴，坑左右多果卉。……世传秦始皇东游，使人凿此山以泄气，土坑深千余丈，号剡坑。"星子峰为剡山主峰，其胫部是泄王气的最佳部位。今剡坑遗迹尚存，坑底有井，长年不涸。自东晋戴逵高隐剡山之后，至唐代，秦系、朱放等诗人接踵而来，筑室隐居，以诗会友，此地亦成为逍遥的乐土。

甲辰夏月

和剡县陈明府登县楼

方干

郭里人家如掌上，檐前树木映窗棂。
烟霞若接天台地，分野应侵婺女星。
驿路古今通北阙，仙溪日夜入东溟。
彩衣才子多吟啸，公退时时见画屏。

注：此诗作于咸通年间方干隐居越州期间。

贺齐治城

东汉初平、兴平年间，贺齐任剡长。《三国志·贺齐传》："少为郡吏，守剡长。"他把县治迁移到今嵊州市越剧艺术中心所在高地，同时在治东、南扇形平地上建城，并筑城墙，使剡城西、北枕剡山，东、南临剡溪，既合堪舆之学，又免洪涝之忧。《元和郡县图志》："剡县，望。吴贺齐为令，移理今所。"《剡录》卷一："县治据剡山之阳，历坡而升，楼观竦峙，颇似会稽府谯。登眺所临，溪山陈象，如顾恺之所云'千岩竞秀，万壑争流'者。孔晔《会稽记》曰：'剡县治在江东，吴贺齐令剡，始移今治。'"胡三省注《资治通鉴·唐纪六十六》："今浙东诸县皆无城，独剡县有城，尤为完壮。"贺齐治城的眼光超越1800年，直到20世纪末，县城才跨越剡溪发展。

賀齊治城
甲辰夏月風光

送剡客 赵嘏

两重江外片帆斜，数里林塘绕一家。
门掩右军余水石，路横诸谢旧烟霞。
扁舟几处逢溪雪，长笛何人怨柳花。
若到天台洞阳观，葛洪丹井在云涯。

注：诗人赵嘏（806—853）于公元826年弱冠前后游浙东，并入剡。

古城烽烟

城墙是剡县建城史的见证，始于贺齐，名于唐宋。《剡录》卷一："《旧经》曰：'嵊城周十二里，高一丈，厚二丈。'唐武德中立剡城县，有城池。"宋宣和三年（1121），县令张诚修城。《剡录》卷一："庚子（1120）之冬，睦寇狂勃，剡寇应之。县有城垒，圮弗克守，为贼巢穴。明年春，帅刘公述古统制一道，扫清贼党，谓令张诚发卒徒虔事，课工督程，出缗粟以僦夫，擘地段以就役。甫阅旬朝，完壁高堞，城之环亘十有二里。"元时，县城仅存东曦、望仙、西城、通越、化龙五门。明嘉靖三十四年（1555），县令吴三畏为抵御倭寇，循故址筑城，城墙高二丈余，厚一丈余，周围一千三百余丈。次年筑城门及楼，东为拱明门、凝翠楼，南名应台门、可远楼，西称来白门、长清楼，北曰望越门、回峰楼。现存城墙为明代遗存，实长939米，是浙江省级文保单位。

古城烽燧
甲辰夏月

叙旧赠江阳宰陆调（节选）

李白

挂席拾海月，乘风下长川。
多沽新丰醁，满载剡溪船。
中途不遇人，直到尔门前。
大笑同一醉，取乐平生年。

注：陆调其人，生卒年、生平皆不可考，唯知其为吴人，是一位下级官吏，也是江湖豪客。李白困居长安时，曾被一群地痞流氓欺负，幸得陆调搭救。李陆二人可谓过命的朋友。

雪夜访戴

《太平寰宇记》特注：“剡溪，即王子猷雪夜访戴逵之所也，亦名戴溪。”可见“雪夜访戴”流传之广。典故最早载于裴启《语林》，刘义庆《世说新语》亦载，《晋书》引入《王徽之传》，《剡录》则录于山水志。《世说新语·任诞》：“王子猷居山阴，夜大雪，眠觉，开室，命酌酒，四望皎然。因起彷徨，咏左思《招隐》诗，忽忆戴安道。时戴在剡，即便夜乘小船就之。经宿方至，造门不前而返。人问其故，王曰：‘吾本乘兴而行，兴尽而返，何必见戴！’”“雪夜访戴”对后世影响很大，“访戴”等相同典故超过50个，“乘兴而来，兴尽而返”是成语，相关文学作品很多，也是历代画家创作不竭的母题。“乘兴而来”被文人雅士争相仿效，李白用“访戴”典故的诗歌多达18首。

雪夜訪戴
甲辰夏月

题招隐寺

张祜

千年戴颙宅，佛庙此崇修。
古井人名在，清泉鹿迹幽。
竹光寒闭院，山影夜藏楼。
未得高僧旨，烟霞空暂游。

注：世传戴逵故宅，唐朝时舍建为招隐寺。诗人一生游览过许多有名的佛寺，其中就包括招隐寺。

艇湖烟云

剡山东北麓古时有大湖，水面达三五千亩。戴逵隐居剡县，宅建在大湖西面山坡之上。《剡录》卷四："郗超每闻欲高尚隐退者，辄为办百万资，并为造立屋宇。在剡为逵造宅，甚精整。戴始往，与所亲书，曰：'近至剡，如官舍。'"王子猷雪夜访戴，造门不入，在此回艇，后人称艇湖。明朝时，剡溪改道，艇湖泥沙淤积，水面锐减。隆庆六年（1572），县令朱一柏疏通十里剡溪故道，称"官河"，使溪水重回艇湖。清时，剡溪再次改道，官河成为小河汊，艇湖淤塞日益严重。同治《嵊县志》："艇湖，今淤为田。"唐时诗人逗留的重要所在艇湖，如今已是闹市区。

艇湖烟云
甲辰夏月凡光

秋山寄卫尉张卿及王征君 李白

何以折相赠？白花青桂枝。
月华若夜雪，见此令人思。
虽然剡溪兴，不异山阴时。
明发怀二子，空吟招隐诗。

注：本诗作于开元年间李白一入长安之时。卫尉张卿一说指张垍，尚玄宗女宁亲公主，为驸马都尉。王征君事迹不详。此诗是诗人离终南山时寄给张垍和王征君的，应是诗人31岁前后所作。

傲视王门

戴逵以隐遁为追求，有奇才异能却无意仕禄，希心俗表但不离人间，不附权贵，适性应时，成为名士心目中的高人。“谈者许其通隐”，说他深得隐逸的真趣。《晋书》卷九十四：“太宰、武陵王晞闻其善鼓琴，使人召之，逵对使者破琴，曰：‘戴安道不为王门伶人！’”其子戴勃、戴颙兄弟二人世居剡县，子承父业，德操并著。风骨高古的戴氏家族，成为剡溪文化中的宝贵精神财富。《宋书》卷九十三《戴颙传》：“会稽剡县多名山，故世居剡下。……中书令王绥常携宾客造之，勃等方进豆粥，绥曰：‘闻卿善琴，试欲一听。’不答，绥恨而去。”兄弟二人亦拒为王门伶人。唐人慕名入剡，一为风景，再为风骨，知音风雅，实在是剡溪之幸。

傲視王門
甲辰夏月风光

寄袁州李嘉祐员外（节选） 钱起

郡国通流水，云霞共远天。
行春莺几啭，迟客月频圆。
雁有归乡羽，人无访戴船。
愿征黄霸入，相见玉阶前。

注：被誉为「大历十才子」之冠的钱起，是大书法家怀素之叔，于天宝十载（751）进士及第。此诗当作于766年李嘉祐任袁州（今江西宜春）刺史之后。

造像成圣

戴逵在剡县生活了40多年，深耕雕塑、绘画、音乐等领域，确立了崇高的地位。佛教在传入中国后的很长时间里，“义理未彰，故与黄老神仙并视，而羼以神仙道术之言，附庸于鬼神方术”（汤用彤《汉魏两晋南北朝佛教史》）。戴逵以汉人面貌形体为范，推动佛像民族化。《宋书·戴颙传》：“自汉世始有佛像，形制未工，逵特善其事，颙亦参焉。”谢赫《古画品录》：“（戴逵）情韵连绵，风趣巧拔。善图贤圣，百工所范。荀卫以后，实为领袖。及乎子颙，能继其美。”张彦远《历代名画论》：“后晋明帝、卫协皆善画像，未尽其妙。洎戴氏父子，皆善丹青，又崇释氏，范金赋采，动有楷模。”范文澜：“王羲之和戴逵分别在书法和雕塑上完成革旧布新的伟大事业。”

造像成聖
甲辰夏月凤光

寻戴处士　皇甫冉

车马长安道，谁知大隐心。
蛮僧留古镜，蜀客寄新琴。
晒药竹斋暖，捣茶松院深。
思君一相访，残雪似山阴。

注：诗人于天宝十五载（756）中进士第一。后为避战乱寓居义兴（今江苏宜兴）。因奉使江表，曾入剡，时间约在758年至763年间。

巧思塑佛

戴逵是南朝佛像样式的创制者。张彦远《历代名画记》卷五：“（逵）乃潜坐帏中，密听众论。所听褒贬，辄加详研。积思三年，刻像乃成，迎至山阴灵宝寺。”唐代高僧道宣赞誉：“振代迄今，所未曾有。凡在瞻仰，有若至真。”释道世《法苑珠林》卷二十四：“（戴逵）造行像五躯，积虑十年。”《梁书·诸夷传》：“晋义熙初，（师子国）始遣献玉像……此像历晋、宋世在瓦官寺。寺先有征士戴安道手制佛像五躯，及顾长康维摩画图，世人谓为三绝。”戴逵父子发明夹纻妆銮（藻绘）工艺用于佛像制作，是中国佛像雕塑民族化的奠基人，堪称一代宗师。米芾《画史》：“自汉始有佛，至逵始大备也。”李绰《尚书故实》：“佛像本胡夷，朴陋，人不生敬。今之藻绘雕刻，自戴颙始也。”

巧思塑佛
甲辰夏月

过坚上人故院与李端同赋

司空曙

旧依支遁宿，曾与戴颙来。

今日空林下，唯知见绿苔。

注：诗人司空曙（？—约790）虽进士及第，但仕途蹭蹬，长期迁谪。据苗发《送司空曙之苏州》诗，司空曙应到过浙东。坚上人原住庐山东林寺，与贬谪江州的白居易相交，后白氏任杭州刺史，坚上人亦云游至杭州天竺寺。据此诗，诗人曾入剡。

诗肠鼓吹

戴颙善于权衡大型造像形体比例关系，与其父戴逵称“二戴”。《宋书》卷九十三：“宋世子铸丈六铜像于瓦官寺，既成，面恨瘦，工人不能治，乃迎颙看之。颙曰：‘非面瘦，乃臂胛肥耳。’既错减臂胛，瘦患即除，无不叹服焉。”戴颙精于绘画，张彦远《历代名画记》称“巧思亦逵之流”，李嗣真《续画品录》将他和戴逵、顾恺之列为同品级。戴颙擅于鼓琴，与之相关的“双柑斗酒、诗肠鼓吹”成为广为流传的典故和成语。冯贽《云仙杂记》卷二：“戴颙春携双柑斗酒，人问：‘何之？’曰：‘往听鹂声，此俗耳针砭，诗肠鼓吹，汝知之乎？’”戴颙墓在剡县城北一里。王十朋《剡溪杂咏》诗：“千年戴颙墓，三字道旁碑。”后人在县城北半里建“听鹂亭”，立“晋处士戴仲若听鹂处”碑，亭柱上镌联语“莺花三月暮，柑酒六朝春”。

甲辰夏月

成都送严十五之江东　戎昱

江东万里外，别后几凄凄。
峡路花应发，津亭柳正齐。
酒倾迟日暮，川阔远天低。
心系征帆上，随君到剡溪。

注：中唐现实主义诗人戎昱进士落第后，曾纵情山水，游览天下。此诗为送别诗，诗中提到剡溪，点明了友人所往江东的目的地，正是当年戴逵隐居之地。

戴公德业

戴逵儒玄兼宗，敢于“破琴示节”，有“威武不能屈”的儒家风操，有以礼制情的君子风度。谢安由“轻视”到“悠然知其量”，正是看到他“恂恂儒者”外表下无意荣辱、淡泊名利的“玄心”。东晋高士赋予“雅量”以新的内涵，使之从自我克制的品质转变为超凡脱俗的性情，养成儒家之克制和玄学之脱俗共存的人格。戴逵隐剡比王羲之早两年左右，后成为王操之和王献之的德艺之师，故金庭（原王氏隐居处）有戴公山。《剡录》卷四：“（戴公）山在忠节乡，今属金庭观，可二百亩。山中多茂林丛竹，又有清流激湍，林崖苍石，互相映带。山之巅有龙湫。”戴公山即毓秀峰，俗称太公山、邮亭山，在今平溪与上东江交汇处，是王氏文峰。唐人慕入的一个缘由，正是这种隐逸文化造就的人格魅力。

戴公德業
甲辰夏月风光

送至洪沙弥游越　皎然

知尔学无生，不应伤此别。
相逢宿我寺，独往游灵越。
早晚花会中，经行剡山月。

注：皎然俗姓谢，字清昼，唐代著名诗人、茶僧，吴兴杼山妙喜寺住持，在文学、佛学、茶学等方面颇有造诣。曾与颜真卿、灵澈、陆羽等和诗，居剡多年。

阮裕焚车

阮裕是东晋中兴时期广受尊敬的道德模范，史称“阮光禄”。《晋书・阮裕传》：“裕字思旷，宏远不及放，以德业知名。”年轻时王敦曾请他任主簿，当发现王敦有“不臣之心”后，阮裕终日饮酒废事，故意表现出无才之态而被免职。后来王敦篡逆，阮裕德行遂名震朝野。阮氏隐居剡山后，敦睦邻里，礼让为先，其家亦被誉为积善之家。《世说新语・德行》：“阮光禄在剡，曾有好车，借者无不皆给。有人葬母，意欲借而不敢言，阮后闻之，叹曰：‘吾有车而使人不敢借，何以车为！’遂焚之。”阮裕子孙世代居剡，以德业传家。孙阮长之著于《宋书・良吏传》。孙阮万龄永初末年（422）解职回家，修父祖德业，使阮氏一族成为与王、谢、戴氏道德并峙的高峰，成为剡溪文化的重要组成部分。

阮裕焚車
甲辰夏月

寄剡溪友（一作《寄剡中友》） 项斯

歇马亭西酒一卮，半年闲事亦堪悲。
船横镜水人眠后，蓼暗松江雁下时。
山晚迴寻萧寺宿，雪寒谁与戴家期。
夜来忽觉秋风急，应有鲈鱼触钓丝。

注：项斯（802—847）字子迁，台州临海（今浙江临海）人。早年隐居杭州径山朝阳峰，其诗清妙奇绝，为张籍所知赏。曾入剡。

罚酒审案

谢氏家族，特别是谢灵运，对剡溪文化具有开创性贡献。他出生在剡溪口处由其祖父谢玄创建的始宁墅中，在母亲刘氏抚育下成长，直到15岁才去京都建康。宦海浪迹20多年后归隐，在始宁墅生活长达7年。他钟情剡溪山水，结交“三友”“四友”，收授“义故门生数百”，遨游酬唱，创剡溪诗路之滥觞。《剡录》载谢奕、谢玄、谢灵运先后入先贤传，谢奕于咸和初任剡县令，颇有政绩。《世说新语·德行》：“谢奕作剡令，有一老翁犯法，谢以醇酒罚之，乃至过醉而犹未已。太傅时年七八岁，着青布绔在兄膝边坐，谏曰：‘阿兄，老翁可念，何可作此！’奕于是改容曰：‘阿奴欲放去邪？’遂遣之。”太傅即谢奕三弟谢安。哥俩罚酒审案一时成为佳话。

劝酒留宋
甲辰夏月
肃
静

早发剡中法堂寺（一作《早发剡中石城寺》）

赵嘏

暂息劳生树色间，平明尘事又相关。
吟辞宿处烟霞古，心负秋来水石闲。
竹户半开钟未绝，松枝静霁鹤初还。
明朝一倍堪惆怅，回首尘中见此山。

注：诗人年轻时四处游历，此诗作于入剡时。

惠度射鹿

惠安寺旧名般若台寺，位于剡山山麓。南朝刘宋时期，猎人陈惠度在寺后山上，射中一只怀有身孕的母鹿。受伤的母鹿产下小鹿，舔干小鹿后而死。陈惠度见状，幡然悔悟，弃弓投寺，剃度为僧，即高僧释法宗。母鹿死处生草，名鹿胎草。剡山此后别称鹿胎山。及唐，般若台寺改为法华台寺。至宋，改额惠安。高似孙《剡录》卷八："猎士陈惠度射鹿此山，鹿孕而伤，既产，以舌舐子身干，而后母死。惠度弃弓矢，投寺出家，后为名僧。鹿死之处生草，号曰鹿胎草。"张岱《夜航船》卷十七："陈惠度于剡山射鹿，鹿孕而伤，既产，以舌舐子干而母死，惠度遂投寺为僧。后鹿死处生草，名曰鹿胎草。"有唐一代，寺庙香火鼎盛，钟鼓常鸣，名流高僧纷至沓来。

惠度射鹿
甲辰夏月
惠安寺

路入剡中作

方干

戴湾冲濑片帆通，高枕微吟到剡中。
掠草并飞怜燕子，停桡独饮学渔翁。
波涛漫撼长潭月，杨柳斜牵一岸风。
便拟乘槎应去得，仙源直恐接星东。

注：此诗作于咸通年间方干隐居越州期间。

女师之德

南朝宋时，北魏南侵，石弥之举家从丹阳迁居剡县上冈（今嵊州市浦口街道上江村）。其长子石灵宝于宋元徽五年（477）生女令嬴，幼名嵊娘。齐隆昌元年（494），成为萧遥光侍妾。萧遥光谋反被杀后，令嬴作为罪女被萧宝卷纳入宫中。永元三年（501）萧衍讨伐萧宝卷，并于天监元年（502）建立梁朝，世称"梁武帝"。令嬴被纳为彩女，于天监七年（508）八月诞下萧绎。萧衍大赦天下，晋封石令嬴为"修容"，赐姓"阮"。阮修容以贤德著称。萧绎《金楼子》："诞中粹之至和，涵祥明之纯气。贤明之称，女师之德。言为闺门之则，行为椒兰之表。"剡县有嵊娘宅、梁诏亭，为其遗迹。《剡录》卷四："萧衍经嵊山，与嵊家娘子为婚。后别嵊娘。入齐，南面，发诏征之。山上有宣诏亭。"

女師之德
甲辰夏月风光

剡县法台寺灌顶坛 张继

九灯传像法，七夜会龙华。
月静金田广，幡摇银汉斜。
香坛分地位，宝印辨根牙。
试问因缘者，清溪无数沙。

注：诗人张继（约715—约779）于唐天宝十二载（753）进士及第，大历（766—779）中任洪州（今江西南昌）盐铁判官。曾入剡。

溪山第一

溪山第一楼建筑群位于今嵊州市鹿胎山东麓，由城隍庙、溪山第一楼、惠安寺组成，其砖、石、木三雕堪称“三绝”。城隍庙宋时已存。嘉泰《会稽志》卷六：“（嵊县）城隍庙，在县西五十步。”元至元六年（1340），方志记载城隍庙首次官方重修，至清光绪年间，先后修建、重建共十一次。“溪山第一”是朱熹游剡山时的赞语。清嘉庆九年（1804）重修城隍庙时，增建溪山第一楼。惠安寺原名般若台寺。《剡录》卷八：“惠安寺，在剡山之阳，旧曰般若台寺，又曰法华台寺。晋义熙二年（406），南天竺国有高僧二人入金华，师道深、弟子竺法友……复于剡山立般若台寺。会昌废。咸通八年（867）重建，改法华台寺。天祐四年（907），吴越武肃改兴邑寺。大中祥符元年（1008）改今额。《十道志》曰：‘西台寺，今法台寺是也，陈惠度所立。’”唐时，公祭城隍已成风俗，而法华台寺为名刹，礼佛者众。

甲辰夏月

秋下荆门 李白

霜落荆门江树空，布帆无恙挂秋风。
此行不为鲈鱼脍，自爱名山入剡中。

注：董斯张《广博物志》：「剡中多名山，可以避灾。」据裴斐《李白年谱简编》，此诗作于开元十三年（725）。是年秋，李白经清溪、渝州、三峡去蜀游楚，后离开荆门入剡，时年25岁。

古剡三塔

应天塔、艇湖塔和天章塔是剡城的标志。应天塔为古刹经塔，俗称大塔，砌基于南朝齐，建成于梁，平面六边形，高七层。现重建于鹿山公园内。民国《嵊县志》:“应天塔，在惠安寺侧。梁天监二年（503）建。”艇湖塔位于城北艇湖山，密檐式砖塔，平面六边形，高七层。民国《嵊县志》:“艇湖塔，在艇湖山。嘉靖二十四年（1545），知县谭潜建。”塔南现存石香炉，腹刻“崇祯玖年拾贰月盟”铭文。天章塔位于城东谢慕山，俗称亭山塔，又名花田塔，密檐式砖塔，平面六边形，高六层。民国《嵊县志》:“天章亭，在谢慕山。明万历三十五年（1607），知县文典章建。俗称谢慕亭，当县治之巽位，一邑人文所系。”清乾隆三十八年（1773），教谕李增率邑士在亭址建塔，取名天章。

古剡三塔
甲辰夏月风光

剡溪馆闻笛 丁仙芝

夜久闻羌笛，寥寥虚客堂。
山空响不散，溪静曲宜长。
草木生边气，城池泛夕凉。
虚然异风出，仿佛宿平阳。

注：丁仙芝（705—763），字元祯，润州曲阿（今江苏丹阳）人，开元十三年（725）登进士第，至十八年（730）仍未授官，后任余杭县尉。好交游。此诗当作于丁仙芝授官之前。

剡城官驿

剡县最早在东晋、最迟在唐代就已设置官驿。六朝时期的剡县是东南重镇，官驿名访戴。《剡录》卷一：“驿名访戴，旧在县左之访戴坊。嘉定八年（1215），尹史安之重建于东门之外。水行而舟，陆行而车，皆于此判袂，人以为得津堠之要焉。”《嵊州市交通志》：“唐德宗贞元二年（786），县城始置剡溪馆驿站，供传递官府文书及过往官员、使节住宿。北宋年间，县城东南五十五步置访戴驿，为绍兴至台州驿站之一。”《剡录》卷一：“叙雪楼，嘉定八年（1215），尹史安之新创。出东门，在访戴驿之南，下俯清溪，前列叠嶂。楼之下扁曰剡川一曲。”据丁仙芝《剡溪馆闻笛》诗及其生平，唐时剡城设置馆驿的时间，应在开元十八年（730）之前，而非贞元二年（786）。

剡城官驛
甲辰夏月
訪戴驛站

剡山夜月（一作《剡溪舟行》）　朱放

月在沃洲山上，人归剡县溪边。
漠漠黄花覆水，时时白鹭惊船。

注：诗人朱放（？—788）自安史之乱后入剡，一住7年，到唐代宗广德元年（763）才移归山阴。诗人对剡山一往情深，自不待言。

剡山夜月

此剡山属专指，位于今嵊州市区。嘉泰《会稽志》卷九："剡山在（嵊）县北一里，县治处其坳，山下园囿亭馆。"剡县作为水陆交通要津，经剡溪上溯可往沃洲、天姥，顺流可通山阴、会稽。唐时，剡山是高士隐居之地。齐抗隐居近30年（陈谏《登石伞峰序》），秦系隐居近20年（秦系《献薛仆射》诗序等），朱放隐居剡山7年（《唐诗纪事》卷二十六）。剡山也是唐朝诗人聚会之所。刘长卿《送行军张司马罢使回》诗："春风吴苑绿，古木剡山深。"皎然《送至洪沙弥游越》诗："早晚花会中，经行剡山月。"崔子向《送惟律》诗："阳羡诸峰顶，何曾异剡山。"

剡山夜月
甲辰夏月风光

题秦系山人丽句亭

皎然

独将诗教领诸生，但看青山不爱名。
满院竹声堪愈疾，乱床花片足忘情。

注：此诗以清丽婉转之句，描绘了秦系隐居剡山的生活情趣。作此诗时，皎然应当也隐居在剡。

秦君丽句

秦系约在乾元二年（759）避乱入剡，大历十四年（779）前后回会稽，隐居剡中近20年，建有别业和丽句亭。其间安于山林，风致卓然。皎然以《酬秦山人赠别》寄意丽句亭："知君高隐占贤星，卷叶时时注佛经。姓被名公题旧里，诗将丽句号新亭。"戴叔伦也有《题秦隐君丽句亭》："北人归欲尽，犹自寓萧山。闭户不曾出，诗名满世间。"丽句亭在剡山。《剡录》卷四："系，天宝间避地剡川，作丽句亭。"戴叔伦"犹自寓萧山"句，把秦系比作东晋隐剡名士许询，所说"萧山"即剡山。秦系隐居期间，作《献薛仆射》《山中赠张正则评事》《晚秋拾遗朱放访山居》《山中奉寄钱起员外兼简苗发员外》《期王炼师不至》等诗多首，真实记录了他在剡山的生活。

别储邕之剡中　李白

借问剡中道，东南指越乡。
舟从广陵去，水入会稽长。
竹色溪下绿，荷花镜里香。
辞君向天姥，拂石卧秋霜。

注：开元十四年（726）秋天，诗人第一次漫游越中，他从广陵出发，渡钱塘，入浙东运河，过镜湖，经曹娥江溯剡溪，前往剡中。时年26岁。

诗心风雅

朱放隐居剡山，与刘长卿、皎然、陆羽等过从甚密，而其和女冠李冶的交往最具风情。朱放《别李季兰》："古岸新花开一枝，岸傍花下有分离。莫将罗袖拂花落，便是行人肠断时。"李冶《寄朱放》："望水试登山，山高湖又阔。相思无晓夕，相望经年月。郁郁山木荣，绵绵野花发。别后无限情，相逢一时说。"《唐才子传》卷二："李季兰，名冶，以字行，峡中人，女道士也。美姿容，神情萧散。专心翰墨，善弹琴，尤工格律。当时才子颇夸纤丽，殊少荒艳之态。……夫士有百行，女唯四德。季兰则不然，形气既雄，诗意亦荡。……时往来剡中，与山人陆羽、上人皎然意甚相得。皎然尝有诗云：'天女来相试，将花欲染衣。禅心竟不起，还捧旧花归。'其谑浪至此。"唐朝诗人风流如斯。

詩也風雅
甲辰夏月風光

仙子洞中有怀刘阮

曹唐

不将清瑟理霓裳，尘梦那知鹤梦长。
洞里有天春寂寂，人间无路月茫茫。
玉沙瑶草连溪碧，流水桃花满涧香。
晓露风灯零落尽，此生无处访刘郎。

注：曹唐为唐时桂州（今广西桂林）人，或于大和年间中进士，咸通中为邵州、容管等使府从事。桂州与剡县远隔千山，却写有刘阮题材的游仙诗17首，可见唐时刘阮遇仙故事已传至两广，此或与唐中宗时的「歌仙」刘三姐传说相关。

刘阮故宅

刘晨、阮肇，汉时剡县人。阮肇故居即今嵊州市三江街道阮庙。《剡录》卷四：“阮公故居：县之南有阮公庙，即故居也。”宝庆《会稽续志》：“阮仙翁庙，在（嵊）县南十里，阮肇故宅也。”庙有大殿、门厅、厢房、戏台等建筑，今存清康熙十六年（1677）《启圣碑》和道光三十年（1850）《重建阮庙碑》。刘晨故居，一说在今嵊州市鹿山街道捣臼爿。《剡录》卷三：“剡有桃源，在县三里。《旧经》曰：刘、阮入天台遇仙，此其居也。”嵊州称桃源的古地名共三处：一曰桃源乡，今甘霖镇；一名桃源观，唐武德八年（625）置，称太清宫，在北门外，今已不存；一为桃源坊，“在县三里”。唐人再现刘阮故事，多以游仙诗的形式，曹唐是其中杰出代表。

劉阮故宅
甲辰夏月風光

刘阮妻二首·其一　元稹

仙洞千年一度开，等闲偷入又偷回。
桃花飞尽东风起，何处消沉去不来。

注：元稹（779—831）与白居易同科及第，结为终身诗友，共同倡导新乐府运动，世称「元白」，形成「元和体」。此诗或作于贞元十九年（803）诗人任校书郎后不久，娶韦丛为妻之时，诗人时年25岁。

采药遇仙

刘阮遇仙的故事，较早见于葛洪《神仙传》、刘义庆《幽明录》和吴均《续齐谐记》。《剡录》载于卷三，记述了汉明帝永平十五年（72），刘晨、阮肇在天台山采药遇仙的故事。一般认为，二人遇仙在台州一带的天台山。今新昌县东南三十里刘门山也有刘阮遗迹。嘉泰《会稽志》："山有刘阮祠、山亭、采药径。"万历《新昌县志》："沿溪而上，有阮公坛。"徐兆昺《四明助谈》引《四明山志》："是时四明山总名天台山，刘、阮遇仙之迹，相传在今石窗。"后人据此分析，认为刘阮"取谷皮"的天台为古天台山，即今四明山。剡县境内的四明山，最近处相距刘阮住地不过二三十里。刘阮故事影响深远。仙凡恋歌成为唐人游仙诗的重要题材，表现出人们对美好生活的向往。

采藥遇僊
甲辰夏月

江南春 杜牧

千里莺啼绿映红，水村山郭酒旗风。

南朝四百八十寺，多少楼台烟雨中。

注：杜牧（803—852）生活的晚唐，宪宗一心事佛，穆宗、敬宗、文宗照旧，寺院大兴，国家不堪重负。武宗会昌灭佛，一定程度上缓和了矛盾。杜牧到江南，不禁想起前朝事佛之状，遂作此诗。诗当作于诗人外放湖州刺史期间，以寥寥四句描绘广阔江南。

释迦驻锡

三国吴赤乌年间，会稽郡兴建了五座佛寺，其中一座在今嵊州市三界镇寺下村。清道光《嵊县志》卷五：“广爱寺，去县七十里。吴赤乌二年（239）建，号德正院。宋改今额。”德正院是嵊州有文字记载的第一座佛寺，也是会稽郡最早的佛寺之一。从两晋到南北朝，剡中高僧辈出，开宗立派代不乏人。白居易《沃洲山禅院记》：“有非常之境，然后有非常之人栖焉。”剡县成为儒释道和合发展的乐土，佛教般若学“六家七宗”，除道安本无宗外，另五家六宗代表人物都驻锡剡中，寺庙建设如火如荼。据《剡录》和历代《嵊县志》记载，在今嵊州市境内仅兴建于南朝的名寺即有15座。隋唐时，大批诗人入剡，多食宿在寺院，与僧人、居士诗文唱和，络绎不绝。

釋迦駐錫
甲辰夏月风光

送曹璩归越中旧隐

刘禹锡

行尽潇湘万里余，少逢知己忆吾庐。
数间茅屋闲临水，一盏秋灯夜读书。
地远何当随计吏，策成终自诣公车。
剡中若问连州事，唯有千山画不如。

注：刘禹锡出生在浙江嘉兴，直到20岁时去长安，一直生活于此地。此诗为诗人赠别故交曹璩所作，当在元和十年（815）诗人被贬连州时。

奉母令剡

李充幼年丧父，由母亲卫铄（即卫夫人）抚养成人，初任丞相王导掾，后任征北将军褚裒的参军。永和四年（348），褚裒准备北伐，李充不善军事，以家贫为由求外任。褚裒把他推荐给扬州刺史殷浩。殷浩是王导属下，未敢怠慢，任命他为剡县令，李充奉老母入剡。《晋书》卷九十二：“征北将军褚裒又引为参军。充以家贫，苦求外出。裒将许之为县，试问之。充曰：‘穷猿投林，岂暇择木？’乃除剡县令。”《剡录》卷一：“殷扬州知其家贫，问：‘君能屈志百里否？’李答曰：‘《北门》之叹，久已上闻。穷猿奔林，岂暇择木？’遂授剡县令。”比时，戴逵、阮裕隐居剡山，支遁筑室剡东，李充与之多有交往。两年后，卫铄去世，葬刻石山，李充墓庐服丧。一代文学家、书家自此与剡溪结缘。

甲辰夏月凡光

丹青引赠曹将军霸（节选）　杜甫

学书初学卫夫人，但恨无过王右军。

丹青不知老将至，富贵于我如浮云。

注：曹霸是盛唐时期著名的画马大师，颇得唐高宗宠幸，官至左武卫将军。但安史之乱后，潦倒漂泊。唐代宗广德二年（764），诗人与曹霸在成都相识。且十分同情其遭遇，并以诗相赠。此时诗人53岁。

独秀书魂

卫铄（273—350），字茂漪，世称“卫夫人”。与王羲之母亲卫氏为中表姐妹，渡江后携子居王家，为王羲之书法蒙师。永和六年（350）十月去世。张怀瓘《书断》：“永和五年（按金向银考证为永和六年）卒，年七十八。”葬剡石山，有李充守孝的墓庐。《剡录》卷二：“剡石山，山旧有卫夫人碑。”剡石山即今独秀山，碑即卫夫人墓碑。唐宝历元年（825），调任浙东观察使兼越州刺史的元稹，曾派人寻访墓碑。李充离剡赴京后，墓庐成为王羲之读书处，后建为王右军祠。卫夫人在剡悉心传授书法，总结心得，著成《笔阵图》，对后世书法产生深远影响。宋陈思《书小史》引唐人评价：“卫夫人书如插花舞女、低昂美容，又如美女登台、仙娥弄影，红莲映水、碧沼浮霞。”

酬翰林白学士代书一百韵（节选）

元稹

脱俗殊常调，潜工大有为。
还醇凭酎酒，运智托围棋。
情会招车胤，闲行觅戴逵。
僧餐月灯阁，醵宴劫灰池。

注：元白唱和已成千古佳话。此诗用到戴逵之典，当作于诗人罢监察御史闲居、一贬江陵之前的元和五年（810）下元节（农历十月十五），诗人时年32岁。

逵溪三桥

戴逵不畏权势，屡征不仕。《世说新语》引《续晋阳秋》："逵不乐当世，以琴书自娱，隐会稽剡山，国子博士征，不就。"《剡录》卷三："孝武时，以散骑侍郎、国子博士累召，辞父疾，不就。郡县敦逼不已，乃逃于吴。……逵还剡，召之，复不至。"《晋书·谢玄传》："戴逯字安丘，处士逵之弟，并骁果多权略。逵厉操东山，而逯以勇武显。谢安尝谓逯曰：'卿兄弟志业何殊？'逯曰：'下官不堪其忧，家兄不改其乐。'"相传戴逵又往比剡山更幽僻的雨花山营建别业，后人将别业所在村庄和溪流均名作逵溪，并在逵溪上建洗屐桥、砥流桥、招隐桥。明万历年间，释古愚慕名结庐，在逵溪滴水岩戴逵别业旁创建雨华庵。今有邑士马江喜重建戴逵别业。

逵結三橋
甲辰夏月凤光
洗屐橋

赠灵澈禅师　灵一

禅师来往翠微间，万里千峰到剡山。
何时共到天台里，身与浮云处处闲。

注：灵一（727—762）俗姓吴，广陵（今江苏扬州）人。曾为越州云门寺律师，与当地诗人严维、灵澈及旅越诗人皇甫冉、皇甫曾、朱放、张继、陆羽等交往，有诗唱酬，曾入剡。

道猷涤巾

瞻山位于今嵊州市崇仁镇，《大清一统志》誉其“挺然秀峙”。山上有洞天阁、灵峰台、瞻山亭等。帛道猷涤巾涧环山脚蜿蜒流过，相传此涧为东晋诗僧帛道猷洗涤衣巾之处，故名。《剡录》卷四：“证道寺涧中有道猷涤巾旧迹，水痕如白氎状。”帛道猷酷爱瞻山之秀，驻锡结庐，设坛礼佛，吟诗弈棋，名噪一时，后入天台不返。后人在其故址建祠祀之，称帛道猷为“灵威王”。宋孝宗乾道八年（1172）赐额灵辉，遂迁祠于宅东，改称瞻山庙。其后，庙又经过数次修建。明万历四十三年（1615）村中佥事公张邦信之裔孙捐资修建；清乾隆四十六年（1781）里人合资重建。现存万年台系1929年辛亥革命志士张伯岐出资重建。瞻山庙坐东朝西，由前厅、戏台、厢房、正殿及偏殿组成，是嵊州西乡民间影响较大的寺庙。

甲辰夏月

过李尊师院（节选） 卢纶

宁知樵子径，得到葛洪家。
犬吠松间月，人行洞里花。
留诗千岁鹤，送客五云车。
访世山空在，观棋日未斜。

注：卢纶（约737—约799），「大历十才子」之一，大约于广德、永泰年间到过浙东。

仙翁丹井

剡县道教流行于魏晋六朝时期，其传播与影响早于佛教。葛玄师从左元放，于赤乌年间在天台创立道教灵宝派，后入剡。《剡录》卷十：“县西太白山，绝崖如壁，林木荫翳，上有葛仙翁祠。”万历《绍兴府志》：“葛仙翁祠，在剡源乡太白山，有丹井、药灶。”自三国至六朝时期，赵广信、葛洪、褚伯玉、孔稚珪、顾欢、陶弘景等先后入剡。《剡录》卷三：“葛洪，字稚川，仙翁从孙，好神仙导养。……剡有仙翁丹井、石梯、钓鱼台，稚川亦至焉。”“赵广信，阳城人，魏末入剡小白山……山中有赵广信丹井。”葛仙翁祠位于今嵊州市长乐镇葛英村，建于南齐年间，祀葛玄与葛洪。丹井在葛仙翁祠不远处，其上覆以一方巨石，人弯腰可入内，井水清澈甘洌。

甲辰夏月 风光

送清散游太白山 无可

卷经归太白，蹑藓别萝龛。
若履浮云上，须看积翠南。
倚身松入汉，瞑目月离潭。
此境堪长往，尘中事可谙。

注：无可俗姓贾，唐代诗僧，贾岛从弟。少年时出家为僧，曾经和贾岛同居青龙寺，后云游越州、湖湘、庐山等地。曾入剡。

西白炼丹

西白山又称白石山、太白山、瀑布山、太平山、白山、岑山，位于嵊州市西部，主峰海拔1095.7米。郦道元《水经注》："江水又东南，经剡县，与白石山水会。"《南齐书•褚伯玉传》记载，褚伯玉辞不就聘，萧道成"敕于剡白石山立太平馆居之"。《南史》："白石山即太平山也。"《大清一统志》称"太白山"。《剡录》卷二："剡山水之奇深重复，皆聚乎西。其西曰太白山、小白山。……宋褚伯玉尝隐兹峰。土人亦称西白山。"三国魏晋南北朝时期，剡中道教流行，葛玄、葛洪、许迈曾到此炼丹修道，陶弘景、赵广信、孔稚珪、顾欢先后入剡。居于本地的则有马朗、孙韬等。支脉鹿苑山因鹿苑寺而得名，山中有瀑布凌空入潭，如虎啸狮吼，四远驰声。山巅石穴吐出清泉，为剡中第二泉。

甲辰夏月

发剡中 赵嘏

正怀王谢俯长流，更览余封识嵊州。
树色老依官舍晚，溪声凉傍客衣秋。
南岩气爽横郛郭，天姥云晴拂寺楼。
日暮不堪还上马，蓼花风起路悠悠。

注：诗人赵嘏年轻时四处游历，此诗作于其入剡时。

崇仁义门

崇仁镇位于今嵊州市西北十一公里处。《剡录》卷二：“西为五龙山，重冈复岭，峰峦蝉联，老木虬松，青蓊失日。”东晋高僧曾云游到此。《剡录》卷八：“真如寺，白（帛）道猷行溪而来……山中筑庵，道猷居焉。”“证道寺，居五龙山。山中有晋高僧白（帛）道猷道场。”及两宋，裘氏迁居于此。据《崇仁义门裘氏宗谱》：“先祖裘尚于义熙中徙会稽云门。宋庆历间，云门廿一世孙裘永昂赘居嵊县三十三都下园商氏，熙宁间，徙居二十九都永富乡官路东八角井边。”千百年来，裘氏秉持“传家以孝义为本，处族以忍让为先”的祖训教育子孙，义门之风经久不息。崇仁村镇建筑群始于唐，兴于南宋，明万历间形成集市，清康熙时设崇仁镇，有“小上海”之誉。现为全国重点文保单位。

崇仁義門
甲辰夏月凤光

舟行入剡

崔颢

鸣棹下东阳，回舟入剡乡。
青山行不尽，绿水去何长。
地气秋仍湿，江风晚渐凉。
山梅犹作雨，溪橘未知霜。
谢客文逾盛，林公未可忘。
多惭越中好，流恨阅时芳。

注：诗人崔颢（704—754）曾任许州扶沟县尉，官位一直不显。后游历天下，曾入剡。此诗当作于天宝九载（750）前后诗人任监察御史之前。

鹿门显贵

贵门在今嵊州市西南三十五公里处，有天兴潭、鹿门书院和贵门更楼等景观和古迹。更楼由吕祖璟所建，为坐北朝南的四合式两层建筑。下层为石砌台基，中有天井，南北各有拱券洞门，北洞门上有朱熹手题“贵门”二字。上层东为更楼，西为鹿门书院，各房四面相向，回廊相连。鹿门书院由南宋吕规叔创建，朱熹曾经到此讲学。民国《嵊县志》卷三十：“‘贵门’字刻贵门山更楼石洞上。淳熙九年（1182），朱熹题。”天兴潭古称“三悬潭”，谢灵运称“濑三瀑布”，曾经游历并作《发归濑三瀑布望两溪》诗。嘉泰《会稽志》卷十：“三悬潭在贵门山，下有龙祠号‘普济’，禜祷有应。”唐朝时，此地是越州入婺州的要道，诗人崔颢即经此入剡。

甲辰夏月

游四窗（节选）

刘长卿

四明山绝奇，自古说登陆。
苍崖倚天立，覆石如覆屋。
玲珑开户牖，落落明四目。
箕星分南野，有斗挂檐北。
日月居东西，朝昏互出没。

注：诗人旅居剡县石城寺期间曾游四明，并作此诗。

四明石窗

四明山在今嵊州市东北二十五公里处，绵亘于嵊州、上虞、余姚、奉化、新昌之间，主峰海拔1012米，以连绵群峰和玲珑石窗出名。《剡录》卷二：“（四明山）在东五十里。高二百一十丈，周回二百一十里。”《宁波府志》：“四明山发自天台，屹峙于郡治之坤隅，上有二百八十峰，绵亘明、越、台三州之境，为三十六洞天之一。”谢灵运《山居赋》：“四明、方石，四面自然开窗也。”顾祖禹《读史方舆纪要》：“江南道名山曰四明山。山凡二百八十峰，四面形胜，各有区分。……群峰之中有分水岭。石窗四面玲珑，每天地澄霁，望之如户牖，中通日月星辰之光，亦名四窗，故曰四明。”道书称为第九洞天。杜光庭《名山洞天福地记》：“四明山，名丹山赤水之天，在明州。”四明山雄镇浙东，唐人隐居、寻访者不少。

四明石窗
甲辰夏月

王右军宅

裴通

寂寂金庭洞，清香发桂枝。
鱼吞左慈钓，鹅踏右军池。
此地常无事，冲天自有期。
向来逢道士，多欲驾文螭。

注：诗人裴通曾于唐宪宗元和二年（807）到越中，并入剡，写下了著名的《金庭观晋右军书楼墨池记》，并附此诗。

书圣归隐

东晋永和十一年（355）春，王羲之归隐剡县金庭。《晋书·王羲之传》："羲之雅好服食养性，不乐在京师，初渡浙江，便有终焉之志。会稽有佳山水，名士多居之，谢安未仕时亦居焉。孙绰、李充、许询、支遁等皆以文义冠世，并筑室东土，与羲之同好。尝与同志宴集于会稽山阴之兰亭，羲之自为之序，以申其志。"王羲之归隐，一是他"素自无廊庙志"，不愿刻意为官；二是会稽郡闹饥荒，其赈灾主张未被采纳，朝廷反而不合时宜地兴师北伐，增强了他的去意；三是笃信五斗米道，时已暮年的他为修炼道法，坚定了辞归的决心；四是金庭不仅为剡中山水奇丽之最，还是琅琊王氏始祖王子乔主治的第二十七洞天。王羲之对剡溪文化产生了巨大影响，问道金庭者历代不绝。

書聖歸隱
甲辰夏月風光

同王九题就师山房　孟浩然

晚憩支公室，故人逢右军。
轩窗避炎暑，翰墨动新文。
竹蔽檐前日，雨随阶下云。
周游清荫遍，吟卧夕阳曛。
江静棹歌歇，溪深樵语闻。
归途未忍去，携手恋清芬。

注：唐开元十七年（729）夏至十九年（731）春，孟浩然游历江南共三年：第一年游吴越；次年历江南名山古刹；第三年，继续在江浙一带会友作诗，遨游山水之间。曾入剡。

羲之家山

金庭山在今嵊州市金庭镇，位于撞天岗、大湖山以西，乡民叫雄鹅凸头、鸟头山，主峰在放鹤峰（次峰）东北。山脉延伸至翡翠湖一带，与撞天岗、大湖山夹峙形成山洞，东有溪里坑，西有桐柏坑，众壑之水至济渡村汇入平溪。金庭风景殊胜，裴通《金庭观晋右军书楼墨池记》："越中山水奇丽，剡为最；剡中山水奇丽，金庭洞天为最。"以现金庭观为坐标，此地东有仙人走马岗，南有五老峰，西为卓剑峰，北有石鼓山，遂成为王羲之晚年隐居之地。康熙《金庭王氏族谱》："遍游东中诸郡，入剡经金庭，见五老、香炉、卓剑、放鹤诸峰，以为奇丽幽渺，隔绝世尘，可以遂其避地避人之志，眷恋不已，遂去郡筑馆焉。"金庭自成为书圣家山，便瓜瓞绵绵，文峰高耸。

羲之家山
甲辰夏月

题金庭观

张说

玄珠道在岂难求，海变须教鬓不秋。
他日洞天三十六，碧桃花发共师游。

注：张说（667—730）前后三次为相，执掌文坛三十年，为开元前期一代文宗，封燕国公。与许国公苏颋齐名，并称「燕许大手笔」。

金庭朝圣

金庭观在今嵊州市金庭镇，距市区七十里，王羲之五世孙王衡舍宅为观，初名金真馆，又改金真宫。唐高宗时赐名金庭观。嘉泰《会稽志》卷七：“金庭观在县东南七十二里孝嘉乡。《道经》云：王子晋登仙，是天台山北门第二十七洞天。”《剡录》卷二引《名山洞天记》：“二十七洞天曰金庭，周回三百里，名金庭崇妙之天。”《剡录》卷八：“金庭观在剡金庭山，是为崇妙洞天，金庭福地。”裴通《金庭观晋右军书楼墨池记》：“此地何事，常闻异香，有时值人，从古不死，真天下绝境也。”《剡录》引《道经》：“周王子晋善吹笙，为凤凰之声。从浮丘登高而羽化缑山，去后主治天台华顶，号白云先生，往来金庭。风月之夕，山中有闻吹笙者。”李白诗“入剡寻王许”，王许即王羲之和许询。

金庭朝聖
甲辰夏月凡光

右军墨池

刘言史

永嘉人事尽归空，逸少遗居蔓草中。
至今池水涵余墨，犹共诸泉色不同。

注：刘言史（？—813），少尚气节，不举进士。与孟郊友善，曾游金陵、潇湘、广州等地。何时入剡不明，留作此诗。

赤水丹池

金庭山以东有大湖山，山上有赤水丹池。《剡录》卷八：“去观东一十五里，有大湖山，峰势入天，上有赤水丹池。池可丈余，深不可测。其水色赤，勺之则其清如镜，祷雨甚灵。”赤水丹池位于今嵊州市金庭镇大湖山主峰山脊西侧，等高线海拔870米，已形成约1500平方米的水体，乡民称龙潭。龙潭中心为一豆腐桶大小的泉眼，深不可测，泉水汩汩，四时不绝，从未干涸，与邑志记载相合。西侧出水口处，水视之为赤色，勺之则清洁如镜，为毛峒村民饮用水源。丹池呈不规则六边形，岸线东西长约50米，南北长约30米。丹池周围云杉参天，周边杂木、灌木与芦苇、荆棘间生，呈天然原生态。

赤水丹池
甲辰夏月風光

宿金庭观　小白

羽客相留宿上方，金庭风月冷如霜。
直饶人世三千岁，未抵仙家一夜长。

注：唐末僧人释小白，与齐己（约864—约937）为同时代人，居南岳罗浮山，曾在金庭观住过一段时间，并作此诗。

王氏罕岭

王罕岭，在剡之东。罕岭之名出自王羲之，后人称之为王罕岭。《剡录》卷八："去观二里曰再度村。世传右军度此，见山岭崇峻，以为罕有，故谓之罕岭。"王罕岭古道从金庭观（海拔120米，下同）始，由济渡村入谷，经念宅村（150米）、岭下村（170米），登大湖山岭，入新昌县境，过龙潭岗外湾村（400米）、眠牛湾村（460米）、里湾村（450米），通往沙溪镇，达宁海县。今眠牛湾一带原属金庭南山，而龙潭岗有龙潭，王羲之曾带领乡民求雨，其帖曰："又须求雨，以复为灾，卿彼何似？"唐末裘甫起义，朝廷命王式进剿。《资治通鉴》卷二百五十："贼果自黄罕岭遁去，六月甲申，复入剡。""黄罕岭"即王罕岭。

王氏翠嶺
甲辰夏月

送浙东王大夫（节选）

薛能

天爵擅忠贞，皇恩复宠荣。远源过晋史，甲族本缑笙。
亚相兼尤美，周行历尽清。制除天近晓，衙谢草初生。
宾客招闲地，戎装拥上京。九街鸣玉勒，一宅照红旗。
隼重权兼帅，罴雄设有兵。越台随厚俸，剡硾得尤名。
夜蜡州中宴，春风部外行。香奁扃凤诏，朱篆动龙坑。

注：薛能（约817—约882）为会昌六年（846）进士。浙东王大夫即谏议大夫、金庭王氏王忠信（807—88 ）。乾符初年，薛能调镇徐州，王忠信正值告老东归，二人车马同行，薛能赠以此诗。

华堂遗韵

金庭自然条件优越。王羲之称“此既避，又节气佳”。《剡录》卷二：“山内生银兰、香草、药石乳、梓、松、柏、柽、黄杨、茗树、石燕、毛竹、银笋、不死之盐。”《金庭王氏族谱》：“北宋宣和年间，第二十六世孙王弘基从金庭观迁居卧猊山麓之岩头。宋末元初，第三十三世孙王迈肇营广厦，华堂之名于是始。”金庭王氏自一世祖王羲之至今已第六十世。王氏后裔以华堂村为中心，结庵守茔，孝悌传家。白云祠家庙以王子晋为创始祖，陈列王羲之以后列祖列宗神位。族谱坟籍详细，仅唐以前就有王羲之等14座墓葬。平溪两岸河谷滩地，即王羲之书札经常提到的“田里”。南宋后仍保留不少堂众田，称“右军大众户”。每丘都以数字编号，为魏晋屯田遗制。

琴堂遗韵
甲辰夏月风光

送王绪剡中（一作《送王公还剡中别业》）

皇甫冉

不见关山去，何时到剡中。
已闻成竹木，更道长儿童。
篱落云常聚，村墟水自通。
朝朝忆玄度，非是对清风。

注：《世说新语·言语》：「刘尹云：清风朗月，辄思玄度。」刘孝标注引：「许询能清言，于时士人皆钦慕仰爱之。」

玄度清风

许询是东晋著名玄学家。王羲之归隐金庭后，他从萧山迁居济渡，与王羲之比邻而居。许汝霖《许氏家谱序》："许氏，系本高阳，有讳皈者，晋元帝渡江，迁会稽内史。其子玄度，入剡东金庭，山水之秀而居也。"《大明一统名胜志》："许玄度原隐居萧山北干山下，后故宅舍为崇化寺。爱剡之山水，徙居剡东孝嘉乡。"王羲之和许询知交很深。许询病危，王羲之多次为其上章、祠祀，最终不治，卒葬金庭。王羲之致信友人："玄度先乃可耳，尝谓有理。因祠祀绝多感，其夜便亟此。致之生而速之，每寻痛惋，不能已已。省君书增酸，恐大分不可移，时至不可以智力救，如此。"《两浙名贤录》："今金庭有济渡村、许家庙、济庆寺，其遗迹也。"

甲辰夏月

剡纸歌（节选） 顾况

剡溪剡纸生剡藤，喷水捣为蕉叶棱。
欲写金人金口偈，寄与山阴山里僧。
手把山中紫罗笔，思量点画龙蛇出。
政是垂头蹋翼时，不免向君求此物。

注：顾况字逋翁，生卒年不详，至德二载（757）登进士第。曾入剡，作此诗。

剡纸如月

北京琉璃厂南纸店的招牌上有“剡藤蜀茧”四字，“剡藤”即“剡藤纸”，俗呼“藤角纸”。剡藤纸始于曹魏，盛于东晋。张华《博物志》：“剡溪古藤甚多，可造纸，故即名纸，曰剡藤。”徐坚《初学记》：“范宁《教》曰：‘土纸不可以作文书’，皆令用藤角纸。”王羲之《与许迈书》：“仆事中久，宜暂东复，令白便行，还便行，当至剡楁上，二十日后还以示。”“剡楁”即剡藤纸的一种，产于金庭庄园。中唐时，诏书和公牍定为藤和麻，称“剡牍”和“宣麻”。舒元舆《悲剡溪古藤文》：“东雒西雍，见书文者，皆以剡纸相夸。”李肇《国史补》将剡藤纸列于16种纸张之首：“纸则有越之剡藤。”皮日休《二游诗·徐诗》：“宣毫利若风，剡纸光与月。”

剡紙如月
甲辰夏月

饮茶歌诮崔石使君

皎然

越人遗我剡溪茗，采得金牙爨金鼎。
素瓷雪色缥沫香，何似诸仙琼蕊浆。
一饮涤昏寐，情来朗爽满天地。
再饮清我神，忽如飞雨洒轻尘。
三饮便得道，何须苦心破烦恼。
此物清高世莫知，世人饮酒多自欺。
愁看毕卓瓮间夜，笑向陶潜篱下时。
崔侯啜之意不已，狂歌一曲惊人耳。
孰知茶道全尔真，唯有丹丘得如此。

注：对于皎然而言，剡溪亲如故乡。他也是唐代歌咏剡溪最多的诗人之一。他热衷于茶道，尤其钟爱剡茗，此诗即为明证。「早晚花会中，经行剡山月。」（《送至洪沙弥游越》）由他开启的「传花饮茗」茶事活动，堪与兰亭流觞媲美，在茶道文化史上留下了鲜亮的一页。

剡茶如道

嵊州种茶、饮茶的历史可溯及魏晋，南北朝时形成茶祭风俗，唐时剡茶已著名。皎然多次入剡，写下20多首茶事诗，其中《饮茶歌诮崔石使君》诗首次提出“茶道”。茶圣陆羽曾经应约赴剡中考察茶事，为著《茶经》搜集素材。宋时，剡溪茶成为贡品。《剡录》卷十：“会稽山茶，以日铸名天下……然则世之烹日铸者，多剡茶也。剡茶声，唐已著。”清陆廷灿《续茶经·茶之源》引《姚氏残语》：“绍兴进茶，自高文虎始。”元、明、清时期，嵊州作为平水珠茶主产区，均产贡茶。其中，产于覆卮山南泉岗村（曾称前岗村）的“泉岗煇白”，清末民初被评为全国十大名茶，称“贡熙”。《中国茶经》：“唐至明，剡溪茶都为名茶。到清代，泉岗煇白被列为名茶。”

甲辰夏月

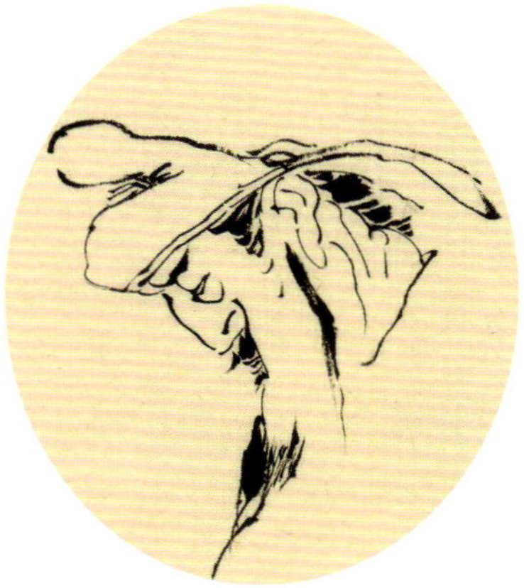

经乱后将避地剡中留赠崔宣城（节选）

李白

忽思剡溪去，水石远清妙。
雪尽天地明，风开湖山貌。
闷为洛生咏，醉发吴越调。

注：至德元载（756）春，56岁的李白到当涂，闻洛阳失陷，中原横溃，于是自当涂返宣城，准备避难剡中，作此诗。

剡水越调

剡溪山水孕育了越剧和调腔，两者都是第一批国家级非物质文化遗产，其中越剧在国外被誉为“中国歌剧”。早在六朝时期，南迁的中原文化深刻影响剡溪文化的发展。及唐，吴、会地区地域文化非常活跃，成为诗人向往之地。李白、白居易、杜牧等作有描绘地方曲调的诗歌69首。如白居易《戏和贾常州醉中二绝句》：“越调管吹留客曲，吴吟诗送暖寒杯。”杜牧《吴宫词》：“越兵驱绮罗，越女唱吴歌。”与此同时，剡县民间戏曲高度发展。正是这片讴歌生活的土地，于20世纪初孕育了“落地唱书”“小歌班”，后发展为唯美典雅的越剧，长成中国戏曲百花园里的一朵奇葩。2020年5月，越剧入选首批“浙江文化印记”名单。

甲辰夏月凤光

腊月八日于剡县石城寺礼拜

孟浩然

石壁开金像，香山倚铁围。
下生弥勒见，回向一心归。
竹柏禅庭古，楼台世界稀。
夕岚增气色，余照发光辉。
讲席邀谈柄，泉堂施浴衣。
愿承功德水，从此濯尘机。

注：此诗当作于唐开元十八年（730），孟浩然游历江南名山古刹途中。诗人时年42岁。

石城礼佛

石城山在今新昌县南二里，群峰陡壁，宛如天然石城，故而得名，又称南明山。东晋永和元年（345），昙光云游至南岩，结茅隐岳寺。永和十一年（355），于法开建元化寺。兴宁二年（364），支遁立栖光寺。梁天监年间，三寺合一，名石城寺。石城寺之弥勒石佛闻名天下。齐永明四年（486），僧护于隐岳洞北石壁始凿十丈弥勒佛像，僧俶、僧祐接续，至梁天监十五年（516）完成，历时30年，世称“三生圣迹”。石城寺名一再变更，南朝和唐代称石城寺，五代称瑞像阁，宋代称宝相寺，明代称毗卢阁，近代称大佛寺。寺内之大雄宝殿原为三层，清光绪二十年（1894）重修时改为五层。石城山有锯解岩、试剑石、白云庄等胜迹，其支脉挂榜岩下临碧涧，刘长卿曾在此隐居7年。

石城禮佛
甲辰夏月風光

宿南岩寺感兴 齐澣

南岩寺，本沧海，任子钓台今尚在。
见说垂钓于此中，犗牛钓饵庄书载。
沧海竭，任子殁，波涛打处为岩窟。
不知任子何所之，唯见钓台空峖屼。

注：齐澣于唐德宗贞元年间在石城寺隐居。宝庆《会稽续志》卷四：「新昌南明山，唐齐澣隐居之地。」诗当作于此时。

南岩海迹

南岩在今新昌县西南二十里，为一万多年前卷转虫海侵所致，由此产生了两个神话：一说南岩为大禹治水时东注积沙而成（见嘉泰《会稽志》），一说任公子曾在此钓东海巨鱼（事见《庄子》）。唐代来此寻访的诗人不少。李邕作《唐宣慰师行状碑》，李白诗歌较多运用任公子的神话，如“愿随任公子，欲钓吞舟鱼”“今日任公子，沧浪罢钓竿”。李绅《龙宫寺碑》特意点明：“南岩海迹，高下犹存。”南岩山麓有南岩寺，建于元嘉年间，本号南岩院，殿宇有一半深入岩壁，寺庙至今尚存。南岩山北的溪后村曾有兴善寺，建于晋太康十年（289），是剡中较早的寺院之一，由西域僧人幽闲所建。及唐，李德裕、韩愈、张祜、卢纶、李端、司空曙、马戴等都有诗。

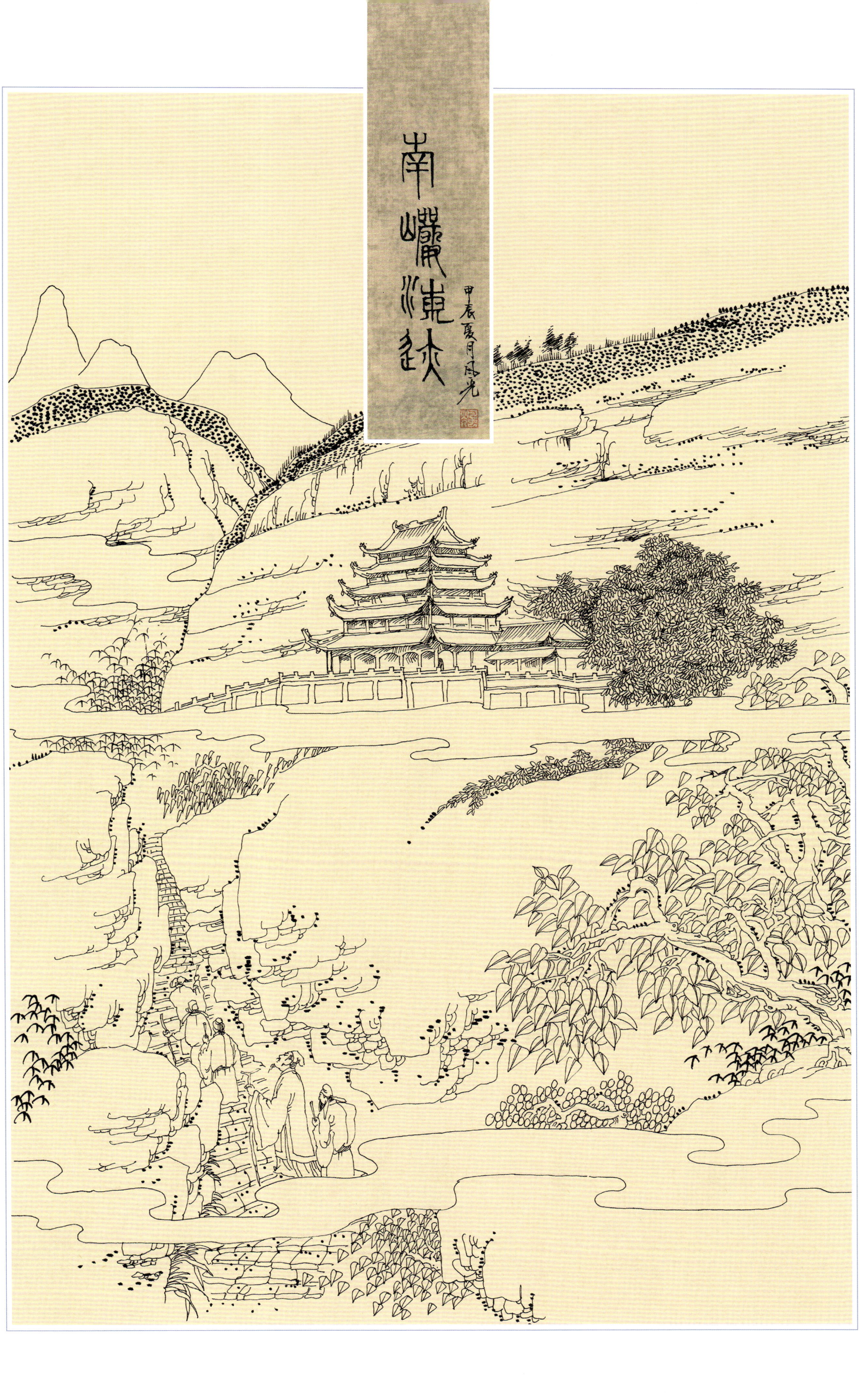
甲辰夏月风光

题沃洲精舍　卢象

玄度常称支道林，高人隐处白云深。
一去人间常不见，千峰万壑势森森。

注：卢象（695—760），开元年间进士。天宝三载（744）贺知章回乡，卢以诗相赠。

沃洲胜会

沃洲山在今新昌县东三十五里，道书称第十五福地。旁为东岇山，世传支遁买山事。《高僧传》卷四：“支遁遣使求买岇山之侧沃洲小岭，欲为幽栖之处。”《世说新语·排调》：“支道林因人就深公买岇山。”沃洲山自晋宋以来就闻名天下。嘉泰《会稽志》卷九：“号为胜会，亦白莲社之比也。”山南有沃洲寺。嘉泰《会稽志》卷八：“方新昌未为县时，在剡县南三十里，居沃洲之阳，天姥之阴。南对天台山之华顶、赤城，北对四明山之金庭、石鼓，西北有支遁养马坡、放鹤峰，东南有石桥溪，溪源出天台石桥，故以为名。……大中（按：大和）二年（828），有头陀白寂然来游，恋恋不能去，廉使元微之始为卜筑，白乐天为作记。”沃洲山之山、石、洞、瀑称四奇，唐代诗人往来不绝。

沃洲勝會
甲辰夏月

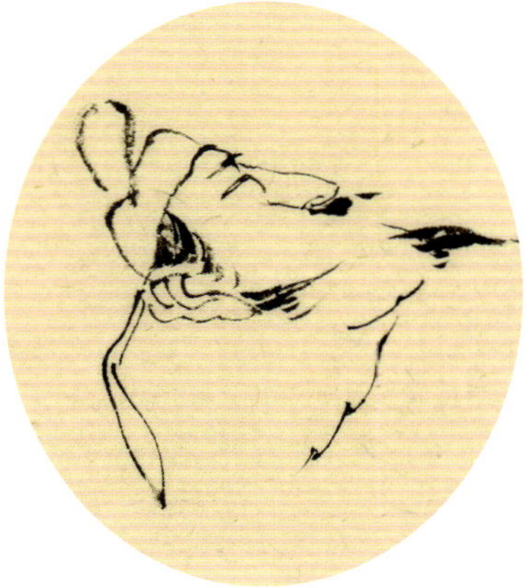

梦游天姥吟留别（节选） 李白

海客谈瀛洲，烟涛微茫信难求。
越人语天姥，云霞明灭或可睹。
天姥连天向天横，势拔五岳掩赤城。
天台四万八千丈，对此欲倒东南倾。

注：此诗作于天宝四载（745），李白时年45岁。

天姥梦寻

天姥山在今新昌县东五十里，道家称为第十六福地。《元和郡县图志》卷二十六："天姥山，在（剡）县南八十里。"其得名与神话有关。光绪《新昌县志稿》引《后吴录》："剡县有天姥山，传云登者闻天姥歌谣之响。"《一统志》："天姥峰在天台县西北，与天台山相对，其峰孤峭，下临嵊县，仰望如在天表。"天姥山历来为世人向往之地。谢灵运《登临海峤》诗"暝投剡中宿，明登天姥岑。高高入云霓，还期那可寻"即此。李白《别储邕之剡中》句："辞君向天姥，拂石卧秋霜。"储光羲《酬綦毋校书梦耶溪见赠之作》云："以我采薇意，传之天姥岑。"皇甫冉《曾东游以诗寄之》："嵯峨天姥峰，翠色春更碧。"天姥山与沃洲山相距不远，且并为道家所称的两个福地，唐人游赏时往往两山并提。如马戴《寄剡中友人》诗云："沃洲僧几访，天姥客谁过？"

甲辰夏月风光

题水帘洞　罗邺

乱泉飞下翠屏中，名共真珠巧缀同。
一片长垂今与古，半山遥听水兼风。
虽无舒卷随人意，自有潺湲济物功。
每向暑天来往见，疑将仙子隔房栊。

注：罗邺生卒年不详，大约于咸通年间游浙东，与方干有交往。

水帘听风

沃洲山丽质天成，尤以水帘洞最为奇丽。《东岇志略》卷一：“山之奇，自正东直西而下，苍蟠翠峙间，一洞天开，门悬飞瀑，俨若珠帘，曰水帘洞。”水帘洞在今新昌县东四十里，一派飞瀑从东岇山喷薄而下，若珠帘长垂，令人赏心悦目。明万历《新昌县志》：“县东四十里大坑之中，高十丈，广三丈余，洞口有飞瀑一派。……洞中悬石如猪肝，紫色水滴下微红，下有石盘盛之。”唐代诗人多有吟咏。薛能《水帘吟》诗：“万滴相随万响兼，路尘天产尽旁沾。源从颢气何因绝，派助前溪岂觉添。豪客每来清夏葛，愁人才见认秋檐。嘉名已极终难称，别是风流不是帘。”罗邺《水帘》诗：“万点飞泉下白云，似帘悬处望疑真。若将此水为霖雨，更胜长垂隔路尘。”

水簾聽泉
甲辰夏月 风光

穿岩（节选）

王爚

穿岩之峰高苍苍，峰峦十九摩天光。
晨曦烜赫旸出岫，下望沧海何茫茫。

注：王爚（1199—1275），字仲潜，一字伯晦，号修斋，新昌长潭（今浙江新昌澄潭街道）人。南宋咸淳十年（1274）为左丞相。

穿岩奇峰

穿岩在今新昌县西南五十里，有十九峰、千丈岩、倒脱靴等景观，融险峰、奇洞、幽谷、清溪于一体，面积36平方千米，是浙东典型的丹霞地貌景区。嘉泰《会稽志》卷九："穿岩在县西南五十里。有十九峰，排列如图画。中峰有一圆窍，东西通，故名穿岩。岩有石室，广二十余丈。"明万历《新昌县志》："穿岩在十都，县西五十里。其峰十有九，曰鹅鼻，曰缆船，曰狮子，曰旸岫，曰泗洲，曰文殊，曰普贤，曰幞头，曰蒸饼，曰香炉，曰笔架，曰望海，曰覆钟，曰卓剑，曰棋盘，曰新妇，曰摆旗，曰磬，曰马鞍。又有穿岩洞，高挂石壁间，有窍穿透，隔岸观之，如圭窦然。"穿岩宋朝以后渐为人识。

穿岩奇峰
甲辰夏月

天台晓望（节选） 李白

天台邻四明，华顶高百越。
门标赤城霞，楼栖沧岛月。
凭高登远览，直下见溟渤。
云垂大鹏翻，波动巨鳌没。
风潮争汹涌，神怪何翕忽？

注：天宝六载（747），诗人重游吴越，入剡，上天台，作此诗。

仙源佛窟

天台山在今天台县北三里，是道教南宗祖庭和佛教天台宗发祥地，称“仙源佛窟”和“第六大洞天”。嘉定《赤城志》卷二十一：“天台山，在县西北三里。按陶弘景《真诰》，高一万八千丈，周回八百里，山有八重，四面如一。《十道志》谓之‘顶对三辰，或曰当牛女之分，上应台宿，故曰天台。一曰大小台，以石桥大小得名。亦号桐柏楼山’。《登真隐诀》云：‘大小台处五县中央。’五县谓余姚、句章、临海、天台、剡县。顾野王《舆地志》云：‘天台山，一名桐柏，众岳之最秀者也。’”《天台县志》：“自神迹石延袤国清、赤城、桐柏，至于华顶，皆名天台，实一邑诸山之总号。”天台山以飞泉悬流著称，葛玄、陶弘景、司马承祯曾在此修道。智顗造寺35处，度僧4000余人。唐时，日本僧人最澄、空海在此求法，台宗东传。

仙源佛窟
甲辰夏月风光
國清寺

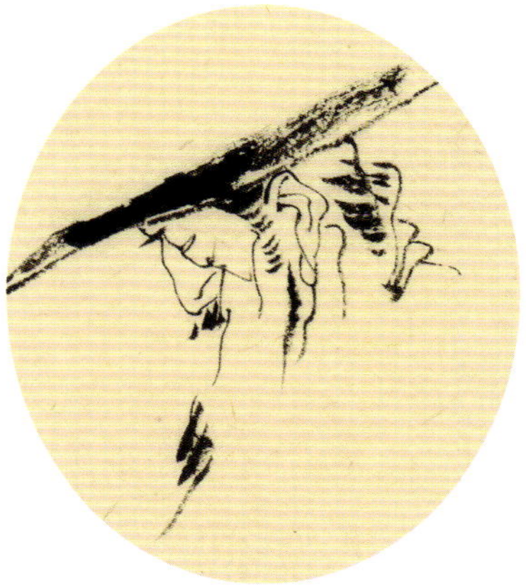

天台瀑布 曹松

万仞得名云瀑布，远看如织挂天台。
休疑宝尺难量度，直恐金刀易剪裁。
喷向林梢成夏雪，倾来石上作春雷。
欲知便是银河水，堕落人间合却回。

注：诗人生卒年不详，因屡试不第，一生流落江湖。直到晚年，才与王希羽、刘象、柯崇、郑希颜同登进士第，年皆七十余，时称「五老榜」。咸通年间曾漫游浙东，写下此诗。

石梁飞瀑

天台山不但以峰峦著称，而且以瀑布名世。石梁、铜壶、紫凝等飞瀑堪称独步中国，特别是石梁飞瀑，以花岗岩为“天生桥”，世所罕见。石梁即石桥，在今天台县北五十里石桥山。嘉定《赤城志》卷二十一：“石桥在县北五十里，卯五百应真之境，相传为方广寺。有石梁架两崖间，龙形龟背，广不盈咫，其上双涧合流，泄为瀑布，西流出剡中。梁既峭危，且多莓苔，甚滑。下临绝涧，过者目眩心悸。昔僧昙猷欲渡梁访方广，忽有石如屏梗之，旧号蒸饼峰。孙绰赋所谓‘践莓苔之滑石，搏壁立之翠屏’是也。”康熙《天台县志》卷一：“石桥山在县北五十里十五都，两山相并，连亘一百里，旧传五百应真之境，有石梁架两崖间。”唐代诗人孟浩然、宋之问、方干、贯休、刘长卿、顾况、寒山、李绅等有诗。

石梁飞瀑
甲辰夏月凤光

华顶峰　寒山

闲游华顶上，日朗昼光辉。
四顾晴空里，白云同鹤飞。

注：寒山自号寒山子，生卒年无考。早年有过妻室，因仕途不畅周游四方。30岁后隐居于始丰县（今浙江天台）翠屏山，取名寒岩。以桦皮为冠，布裘敝屣，或长廊吟咏，或村墅啸歌，与拾得等人相过从。

华顶凌云

华顶峰为天台山最高峰。《天台山方外志》卷三：“华顶峰在（天台）县东北六十里十一都，天台第八重最高处。旧传高一万八千丈，周回一百里，少晴多晦，夏有积雪，可观日之出入。中有洞，石色光明。登绝顶降魔塔，东望沧海，弥漫无际，号望海尖。下瞰众山，如龙虎盘踞、旗鼓布列之状。台山九峰崒嵂，犹如莲华，此为华心之顶，故名。”嘉定《赤城志》卷二十一：“盖天台第八重最高处。旧传高一万丈，少晴多晦，夏有积雪，可观日之出入。中有黄金洞，绝顶东望沧海，弥漫无际，俗号望海尖。下瞰众山，如龙虎蹯踞、旗鼓布列之状。草木薰郁，殆非人世。”唐寒山、李绅、陆龟蒙、孟浩然、皎然、李郢等有诗。

華頂歸雲
甲辰夏月

送僧归国清寺　杜荀鹤

吟送越僧归海涯，僧行浑不觉程赊。
路沿山脚潮痕出，睡倚松根日色斜。
撼锡度冈猿抱树，挈瓶盛浪鹭翘沙。
到参禅后知无事，看引秋泉灌藕花。

注：唐人到天台必到国清，唐诗多有记载，如李白诗：「天台连四明，日入向国清。」皎然诗：「十里行松色，千重过水声。」诗人杜荀鹤（846—904）在中进士之前曾到过浙东，写下此诗。

国清讲寺

国清寺位于天台县北十里天台山南麓。嘉定《赤城志》卷二十八："隋开皇十八年（598）为僧智𫖮建。……大业中，遂改名国清。……唐会昌中废，大中五年（851）重建。"历代有修葺，建三贤堂（丰干、拾得、寒山）。康熙《天台县志》卷十一："（宋时）被兵燹，三朝御书数百卷俱焚，独𫖮所题《莲经》与西域贝多叶经一卷及隋旃檀佛像、佛牙仅存。"寺庙为江南大刹，四围景色极佳，唐时已煊赫一方。嘉定《赤城志》："寺左右有五峰双涧。……寺前有新罗园。……东南有祥云峰、拾得岩。东有清音亭。……寺后岩有瀑布，循涧而上，尤为奇胜。"唐贞元二十年（804），日本僧最澄、空海入唐学教义，次年回国创日本天台宗。及宋，日本台宗成寻再礼天台，著《参天台五台山记》，死后葬国清寺，建"日本善慧国师之塔"。

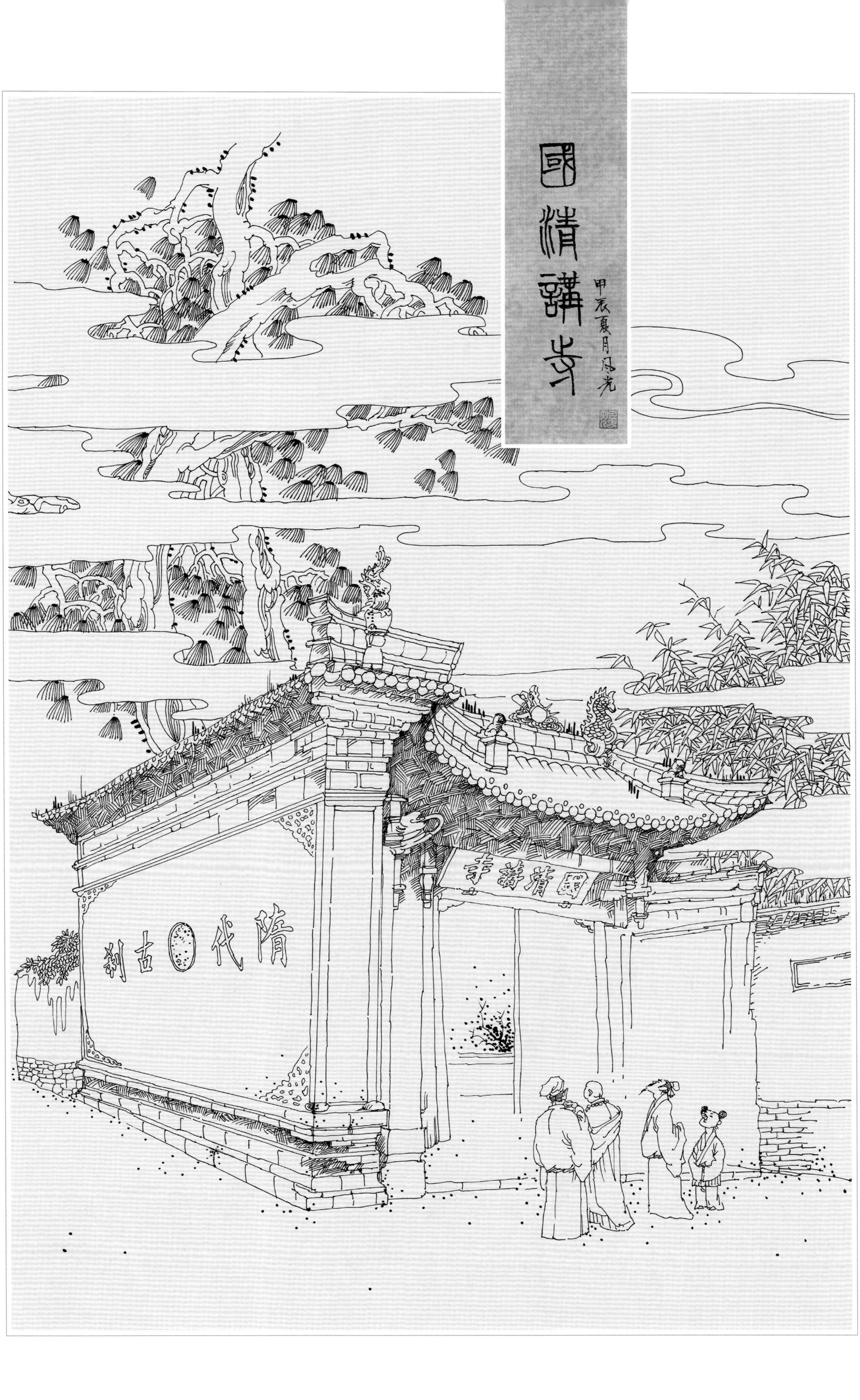
國清講寺
甲辰夏月风光
國清講寺
隋代古刹

从剡溪至赤城

顾况

灵溪宿处接灵山，窈映高楼向月闲。
夜半鹤声残梦里，犹疑琴曲洞房间。

注：在唐诗中，作为天台山一脉的赤城山有时独立出现。张祜诗：「忆昨天台到赤城，几朝仙籁耳中生。」更多时指代天台山。孟浩然诗：「往来赤城中，逍遥白云外。」朱庆余诗：「青冥路口绝人行，独与僧期上赤城。」许浑诗：「赤城云雪深，山客负归心。」

赤城如堞

赤城山为天台山胜景，因石皆赤色，望之如城而得名。嘉定《赤城志》卷二十一："在县北六里。一名烧山，又名消山，石皆霞色，望之如雉堞，因以为名。"《舆地志》："赤城山有赤石罗列，长里余，遥望似赤城。"赤城山也是往来天台山的必经之处。孙绰《游天台山赋》："赤城霞起以建标，瀑布飞流以界道。"康熙《天台县志》卷一："晋义熙初，僧昙猷造寺，号中岩。……绝顶有浮屠七级，下有昙猷洗肠井。……上有仙人井，飞流喷沫，冬夏不竭。"嘉定《赤城志》卷二十一："支遁《天台山铭》序云，往天台山，当由赤城为道。"《三才图会》："游天台必自赤城始，此山之南门也。"唐诗多送友和寄题之作。

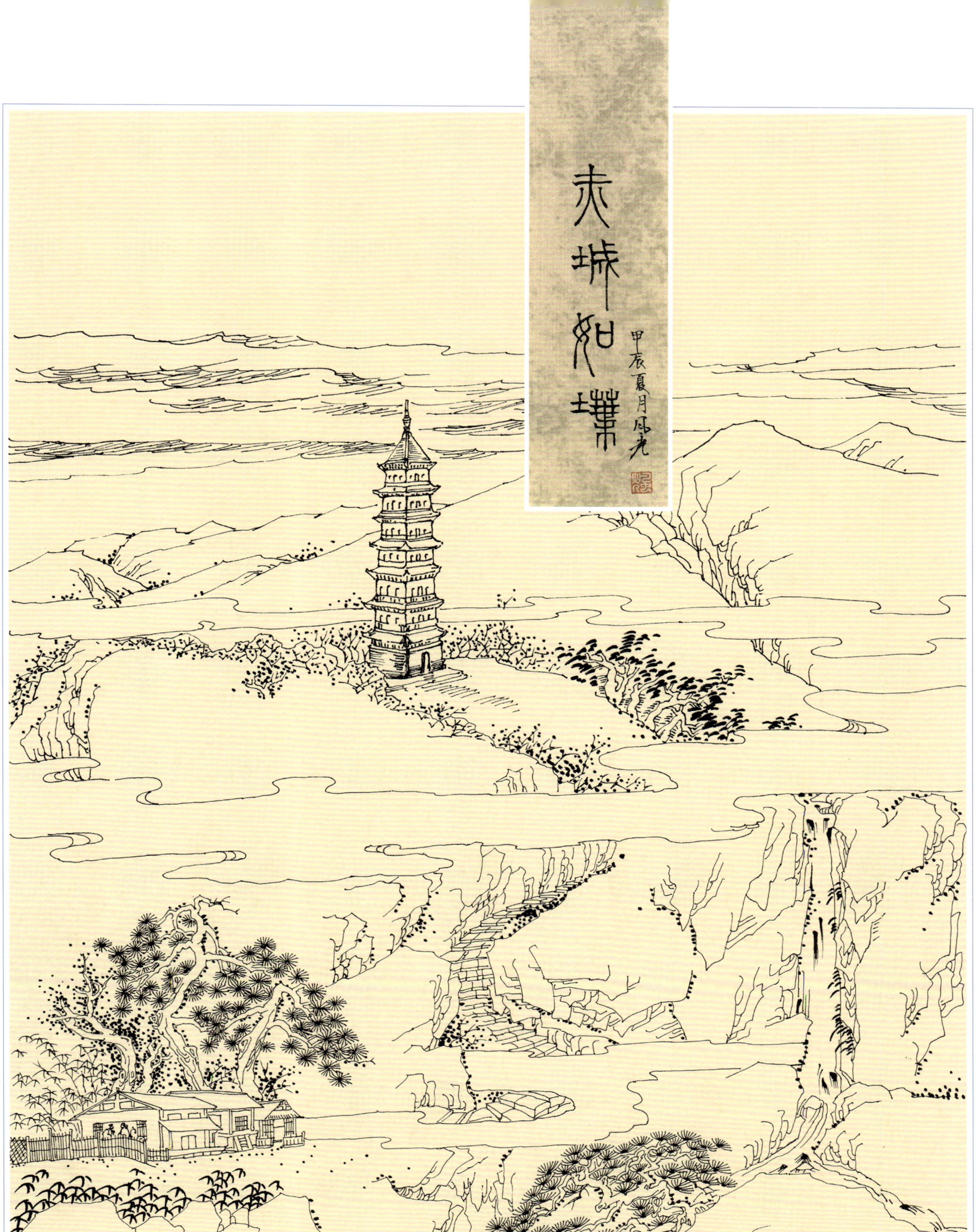
赤城如堞
甲辰夏月风光

发灵溪馆

许浑

山多水不穷，一叶似渔翁。
鸟浴寒潭雨，猿吟暮岭风。
杂英垂锦绣，众籁合丝桐。
应有曹溪路，千岩万壑中。

注：许浑（791—858）是晚唐最具影响力的诗人之一，其诗多描写水、雨之景，有「许浑千首湿，杜甫一生愁」的评价。曾两次到浙东，第二次大约在会昌六年（846）。

灵溪濯尘

灵溪在天台县西北十五里桐柏山中。嘉定《赤城志》卷二十四：“灵溪在县西北一十五里福圣观前。孙绰赋所谓‘瀑布飞流以界道，过灵溪而一濯’是也。”灵溪的上游是楢溪。康熙《天台县志》卷一：“楢溪在县东二十五里，孙绰所谓‘济楢溪而直进’是也。徐灵府记注云：‘出华顶，从凤凰山东南流入溪。’又以齐顾欢尝居其上，名欢溪。志要云：‘流往十都至六都，与桐柏、灵溪诸水合而西，经大觉寺前，由大溪以入海。’”灵溪入始丰溪，始丰溪入灵江，交通方便，唐人寻访者不少，唐诗中时有提及。如李白《送王屋山人魏万还王屋》：“灵溪咨沿越，华顶殊超忽。”李郢《送僧至台州》：“独寻台岭闲游去，岂觉灵溪道里赊。”杜甫、顾况、陆龟蒙也有诗。

靈溪濯塵
甲辰夏月凡光

刘晨阮肇游天台

曹唐

树入天台石路新，云和草静迥无尘。
烟霞不省生前事，水木空疑梦后身。
往往鸡鸣岩下月，时时犬吠洞中春。
不知此地归何处，须就桃源问主人。

注：诗人生年不详，卒于唐咸通年间，一生未到过浙东，但依托南朝刘义庆《幽明录》和唐人所作刘阮诗敷衍而成刘阮组诗，称《大游仙诗》。诗共五首，此为其一。

桃源洞天

桃源洞又称刘阮洞，在天台县西北二十里。《幽明录》载有刘晨、阮肇采药遇仙事。桃源有嵊州、新昌、天台多说。《剡录》卷三：“剡有桃源，在县三里，《旧经》曰：刘、阮入天台遇仙，此其居也。”嘉泰《会稽志》卷九：“刘门山，在（新昌）县东南三十里。传云：刘晨、阮肇自剡采药至此山。有刘阮祠、山亭、采药径。”刘阮遇仙处一般认为在天台山。《三才图会》：“去东涧二里而远，洞口如门，有古木神祠。沿涧而上，两山绣壁参差夹水立。水随山曲，时漱石有声，曰鸣涧。水端草树芊绵，东崦特葱蒨可喜，曰桃花坞。又折而北上，路渐艰涩。及水穷而路尽，有巨潭，渟澈如镜。中有洞门，潜通山底，其深莫测。此所谓金乔潭也，即刘晨、阮肇遇仙处。”

桃源洞天
甲辰夏月

王屋山送道士司马承祯还天台　李隆基

紫府求贤士，清溪祖逸人。
江湖与城阙，异迹且殊伦。
间有幽栖者，居然厌俗尘。
林泉先得性，芝桂欲调神。
地道逾稽岭，天台接海滨。
音徽从此间，万古一芳春。

注：李隆基（685—762）即唐玄宗，也称唐明皇，先天元年（712）即位。工诗能文，此诗作于开元十年（722）。《旧唐书·隐逸》：「（开元）十年，承祯又请还天台山，玄宗赋诗以遣之。」

桐柏问道

桐柏山在天台县西北二十五里。陶弘景《真诰》："桐柏山高万八千丈，其山八重，周回八百余里，四面视之如一，在会稽东海际，一头亚入海中。"山因桐柏观而闻名遐迩。嘉定《赤城志》卷三十："桐柏崇道观，旧名桐柏，唐景云二年（711），为司马承祯建。回环有九峰，玉女、卧龙、紫霄、翠微、玉泉、莲华、华琳、香琳、玉霄。自福圣观北盘折而上，至洞门，长松夹道，孙绰赋所谓'荫落落之长松'是也。吴赤乌二年（239），葛玄即此炼丹，今有朝斗坛。（后）梁开平中，改观为宫。（北宋）大中祥符元年（1008）改今额。"桐柏观（宫）历来是道家炼丹之所，高士亦多游踪。薛应旂《桐柏山志记》："晋王羲之与支道林尝往来此山。"

桐柏問道
甲辰夏月

玉霄山居

陈寡言

照水冰如鉴，扫雪玉为尘。
何须问今古，便是上皇人。
醉卧茅堂不闭关，觉来开眼见青山。
松花落处宿猿在，麋鹿群群林际还。

注：诗人生卒年不详，越州诸暨（今浙江诸暨）人，唐宪宗元和年间隐居于玉霄峰，琴酒自娱，放情自达。

玉霄清隐

玉霄峰为天台胜景之一。嘉定《赤城志》卷二十一：“玉霄峰在（天台）县北三十五里洞天宫。上重崖叠嶂，松竹葱蒨，且产香茅，世号小桐柏焉。”《古今图书集成》卷一百二十一引《三才图会·天台山图考》：“（玉霄峰）即洞天宫……直南巽隅，两石对峙如门扉，号小桐柏。”玉霄峰称洞天宫，与叶藏质清隐有关。《天台县志》：“洞天宫在县西北三十五里玉霄峰。唐咸通间道士叶藏质创道斋，号石门山居。十三年（872）奏为玉霄宫。周广顺元年（951）朱霄外建三清殿……宋祥符元年（1008）改今额。”比叶藏质更早隐居在此的是陈寡言。康熙《天台县志》卷十一引徐灵府《天台山小录》：“道士陈寡言尝隐于此，号华琳，有经、钟二楼。”唐代隐居道士的风貌由此可见一斑。

玉霄清隱
甲辰夏月 风光

白龙窟泛舟寄天台学道者（节选）

常建

夕映翠山深，余晖在龙窟。
扁舟沧浪意，澹澹花影没。
西浮入天色，南望对云阙。
因忆莓苔峰，初阳濯玄发。

注：因仕宦不得意，诗人常来往于山水名胜之间，过着较长时期的漫游生活。此诗当作于漫游浙东之时。

琼台双阙

最早描绘琼台双阙的是孙绰，其《游天台山赋》云：“双阙云竦以夹路，琼台中天而悬居。”嘉定《赤城志》卷二十一：“自崇道观西北行二里，至玄应真人祠，由真人祠取道仙人迹，经龙潭侧，凡五里，至琼台。转南三里，至双阙。皆翠壁万仞，森倚相向。”《古今图书集成》卷一百二十一引徐灵府《天台山小录》：“由桐柏山北上……又二里曰琼台山，转南三里曰双阙山。两峰万仞，屹然相向……有百丈瀑，在两山间，盘洞绕麓，入为云溪。”琼台双阙为唐人所向往，皮日休、陆龟蒙互有唱和之作。宋人夏竦《琼台双阙铭》状其貌：“琼台巀嶪，左右如阙。直上相等，萝交葛结。启闭云气，出入日月。千流万线，群峰如屑。凌霄压海，吞吴跨越。”

瓊臺雙闕
甲辰夏月風光

送寒岩归士　徐凝

不挂丝纩衣，归向寒岩栖。
寒岩风雪夜，又过岩前溪。

注：徐凝为睦州分水（今浙江桐庐）人，生卒年不详，与张祜（792—853）年龄相当，比白居易、元稹稍晚。元和间有诗名。《唐才子传·徐凝》：「始游长安，不忍自炫鬻，竟不成名。将归，以诗辞韩吏部云：『一生所遇惟元白，天下无人重布衣。欲别朱门泪先尽，白头游子白身归。』」在晚唐，栖隐寒岩的，不仅有寒山这样的怪僧，还有像诗人这样的寒士。

寒岩归士

寒岩又称寒山、寒石山、寒石岩。嘉定《赤城志》卷二十一：“寒石山在（天台）县西北七十里。寒山子尝居之，今呼为寒岩。前有盘石，曰宴坐峰，上有拊石洞。世传赤城山神避昙猷徙居此山。宴坐西有石如植笋，萝蔓萦缀。其西有石梁，可数尺，架两崖间，险峻不可陟。南有泉如屋霤，寺僧縻竹绠引之。前距山腹一里有道人洞，转西二里乳泉酾流岩窦间，散若虬髯，因号龙须洞，盖台山绝胜处也。”寒岩建有寒岩寺。康熙《天台县志》卷十一：“寒岩寺在县西七十里寒石山，旧名崇福。梁开平元年（907）建，盖寒山子栖遁处。周显德中改圣寿。”寺侧有塔。寒岩虽远离天台县城，但风景奇绝，唐朝诗僧寒山自三十岁起栖隐此处直至终老，人称寒山子。

寒巖歸士
甲辰夏月

宿巾子山禅寺　任翻

绝顶新秋生夜凉，鹤翻松露滴衣裳。

前峰月映半江水，僧在翠微开竹房。

注：唐末诗人任翻，也作任蕃，或任藩。出身贫寒，赶考落第后放浪江湖，弹琴自娱，学道自乐。作巾子山诗三首，颇有风骨。后人题云：「任蕃题后无人继，寂寞空山二百年。」

巾子形胜

巾子山在台州城东南，有开元寺。嘉定《赤城志》卷十九：“巾子山在州东南一里一百步，连小固山，两峰如帢帻，一号帢帻峰，其顶双塔差肩屹立。”民国《临海县志》：“天宁寺，在县东南巾子山麓，唐开元中建。旧有小刹七，曰楞严、水陆、证道、积善、天光、景德、藏院，至是合为一，赐额开元。”台州城枕大、小固山和巾子山，面灵江，山水绝胜。顾况就隐居在巾子山寺院旁，其《临海所居三首·其三》：“家在双峰兰若边，一声秋磬发孤烟。山连极浦鸟飞尽，月上青林人未眠。”可窥其心迹。他与当时隐居剡山的朱放有诗唱酬，其《赠朱放》诗：“野客归时无四邻，黔娄别久案常贫。渔樵旧路不堪入，何处空山犹有人？”让人感受到王朝走向没落的一丝悲凉。

甲辰夏月凡光

久客临海有怀 骆宾王

天涯非日观，地屺望星楼。
练光摇乱马，剑气上连牛。
草湿姑苏夕，叶下洞庭秋。
欲知凄断意，江上涉安流。

注：此诗当作于唐调露二年（680）深秋，诗人因事远谪临海丞。43岁遭此劫难，诗人以颜渊、张华、屈原自况，心境悲凉而慷慨，余情不绝。唐时临海之荒僻，亦可想见。

临海霞起

台州城原在临海，为浙东形胜。民国《临海县志》卷二："西为大固山，东南为小固山，其西南两峰突起，为巾子山。""灵江环城而东，旧有赤城山、灵江水之谣，即此水也。上有二源，南源曰永安溪，出仙居县西南山。……北源曰始丰溪，出天台西南山。""距海百余里。巾山对峙于南北三峰，角立于东西二固，险绝雄跨一方焉。"《旧唐书·地理志》："武德五年（622）改海州为台州。"民国《台州府志》卷五十："台州府城，周围一十八里……相传唐杜伏威所建。"唐代，临海城州县两治。嘉定《赤城志》云："临海城，周回二百九十五步。按县治附州城，他无郛郭……意旧有城而后易为墙也。"民国《临海县志》："隋开皇十一年（591），置临海镇于大固山，始移县于镇。"

臨浦霞起
甲辰夏月

诗路如卿款款来

我与风光先生、士波先生的结识交往始于20世纪90年代后期。彼时，在我眼里，士波先生如父如师；就士波先生看来，风光亦友亦朋；于我笔下，风光先生鼎鼎有名。论年纪，三人堪称三代人；论交情，六目相见若故人。这是生命的缘分，彼此照见于同一时空。

30年前，风光先生是各路媒体记者竞相邀访的工艺美术大师“泥人宓”，士波先生则是嵊州文化宣传部门的“笔杆子”，而我是刚出道的地方党报记者，初生牛犊不怕虎，一个敢采访，两个没架子。因为记者的职业性质，我们三人便有了相识相知的机缘。当然，在我眼里，士波先生从来不失长者的和蔼。一天，先生与我交谈，说“子凯经常讲起你”。我初感疑惑，继而释怀，末了唯有感动。原来子凯是先生之子，与我既是高中同窗，还是好友。长辈若父，于我而言，更有特殊的意义。因为彼时，我父已离开经年，先生不经意间的关心，令我莫名感怀。

4年前，我与风光先生，因为杭台高铁嵊州新昌站旅客通道大型铜雕壁画《浙东唐诗之路》创作前期的地方文化植入工作而展开合作。那年，有幸成为地方文化植入工作嵊州专家组组长的我，与新昌专家组共同完成文本梳理。经两地决策定稿、公开招投标等程序之后，铜雕壁画最终选择朱炳仁大师团队的铜雕创作方案，而铜雕创作的一个重要环节，就是泥模定型。在此之前，高铁建设指挥部召集嵊新两地专家组、杭绍台高铁公司等各方会商时，风光先生总是见解独到，言简意赅，关于专业，语气里有令人信服的坚定。泥模定型前，我们一行数人又赶往位于杭州的金星铜公司制作现场，但见长须美髯的风光先生，一手钩刀若画笔，在泥模之上增删取舍，信笔游走。须臾间，人模神韵，似欲跳脱而出，情景活现，主题愈加分明，令在场我等叹为观止。人有云，一事要圆满，三分人与文，七分德与艺。风光先生兼具八九分，而十分之圆满，似又留有冥冥之中的一分后续。

3年前，由于众所周知的原因，我们谋面甚少，相思却日见深厚。回归常态之后的某一天，在文创园工作室，风光先生郑重其事地和我说起“图说浙东诗路”一事，还说，士波先生点名要我负责文本的梳理。一切似乎来得刚刚好，彼此内心的一分默契，在那一刻成为最后落下的一颗子。我欣然应允，事后却倍感压力，毕竟课题过于宏大，半瓶醋的我能否酿得出满瓶的好酒？坚信勤能补拙，断断续续历时一年之后，我将书稿交给了风光先生，想必风光先生定会在第一时间告知士波先生，尽管如此，然而我心中仍不免忐忑，小子之酿可否入喉？

这样的隐忧持续了一年多。直到又一次不约而同的相邀，我和风光先生在他的工作室碰面。寒暄过后，风光先生径自领我到内室，指着案上已然创作完成的部分图稿，让我一一过目。文本经二次创作，已被赋予了全新的生命。风光先生说，百图配百文，如何配文，如何创作，他和士波先生绞尽脑汁，花了一年多时间来消化，风光先生的足迹甚至遍布文本里提到的每一个点位，而每幅图稿的创作，都是在凌晨两三点钟完成。一种莫名的感动涌上我的心头。

著书立说是潜藏于每一位文化人心底的梦想，眼下，书稿已成，即将付梓。这种梦想的实现，于我们而言，是一次心灵愉悦的文化苦旅，我们用900多个日日夜夜，凝成3万多文字，绘成100幅图稿，集成这部《浙东诗路图说》书稿。翻开书页，正如敞开自己的心扉，我们愿与广大读者一起，徜徉于这诗路江南，激发身处其间而带来的文化自信，一如这普世间本该值得珍视的自我和超我。

书稿刊行之际，由衷感谢浙江人民美术出版社的编辑老师，特别感谢首席编辑江健文先生的匠心独运，并以高妙设计为书稿画龙点睛；真诚感谢中国鲁迅文学奖得主，现任中国电影文学学会副会长、《诗刊》编委黄亚洲先生及中共嵊州市委常委、宣传部长史向俊先生为本书作序；衷心感谢嵊州市文旅集团对诗路文化建设和发展的大力支持；无限感恩浙东唐诗之路首倡者竺岳兵先生、系统研究诗路并集成专著的邹志方先生，借先贤筚路蓝缕之功，作为后学的我们才有可能继续前行；无限感恩长期以来重视诗路文化规划、建设和发展的各地、各部门、各单位，为新时代浙东唐诗之路打造精彩纷呈的样板，并成为我们创作的源泉和动力；无限感恩本图稿著述、创作过程中无私帮助、指导我们的金向银、童剑超、裘高太、俞海梁、李红卫等老师和同行。

余生愿为诗路痴，大道歌行正当时。漏尽三更终不悔，勤翻故纸赋新词。吾辈当以此为志，不遗余力。是为记。

楼向前

2024年10月于剡溪之畔

浙东诗路图说

图书在版编目（CIP）数据
浙东诗路图说 / 嵊州市文旅发展集团有限公司主编;宓风光绘 ; 楼向前, 黄士波文. -- 杭州 : 浙江人民美术出版社, 2025. 2. -- ISBN 978-7-5340-5057-2
Ⅰ. I207.227.42-49
中国国家版本馆 CIP 数据核字第 2025RF9906 号

嵊州市文旅发展集团有限公司 / 主编
宓风光 / 绘　　楼向前　黄士波 / 文
特约编辑：江健文
责任编辑：余雅汝
装帧设计：见　闻
责任校对：董　玥
责任印制：陈柏荣

出版发行：浙江人民美术出版社
地　　址：杭州市环城北路177号
经　　销：全国各地新华书店
制　　版：杭州海洋电脑制版印刷有限公司
印　　刷：浙江省邮电印刷股份有限公司
版　　次：2025年2月第1版
印　　次：2025年2月第1次印刷
开　　本：787mm × 1092mm　1/8
印　　张：27.5
字　　数：160千字
书　　号：ISBN 978-7-5340-5057-2
定　　价：350.00元